U0330880

当代英雄

[俄] 莱蒙托夫 著
王宗琥 译

生活·讀書·新知 三联书店

图书在版编目（CIP）数据

当代英雄／（俄）莱蒙托夫著；王宗琥译. —北京：生活 · 读书 · 新知三联书店，2019.9
（三联精选）
ISBN 978－7－108－06362－5

Ⅰ. ①当… Ⅱ. ①莱… ②王… Ⅲ. ①中篇小说－小说集－俄罗斯－近代②短篇小说－小说集－俄罗斯－近代 Ⅳ. ① I512.44

中国版本图书馆 CIP 数据核字（2018）第 145335 号

责任编辑 王　竞
装帧设计 鲁明静
责任校对 龚黔兰
责任印制 卢　岳
出版发行 生活 · 讀書 · 新知 三联书店
（北京市东城区美术馆东街 22 号 100010）
网　　址 www.sdxjpc.com
经　　销 新华书店
印　　刷 北京市松源印刷有限公司
版　　次 2019 年 9 月北京第 1 版
2019 年 9 月北京第 1 次印刷
开　　本 880 毫米 × 1092 毫米 1/32 印张 8.375
字　　数 146 千字
印　　数 0,001－6,000 册
定　　价 35.00 元
（印装查询：01064002715；邮购查询：01084010542）

十字架山，油画，莱蒙托夫绘

“瞧，这就是十字架山！”当我们驶入切尔托夫谷的时候，上尉指着一座积雪覆盖的小山说。山顶立着一个黑魆魆的石头十字架，一条隐约可见的路从它旁边经过。顺便提一下，关于这个十字架有个奇怪但却十分流行的传说，似乎是彼得大帝路过高加索时竖立的。

塔曼，素描，莱蒙托夫绘

塔曼是俄罗斯所有海滨城市里最差劲的小城，没有之一。我在那里差点没给饿死，而且还有人想把我淹死……我们在各种肮脏的胡同里走了很久，路两边全是破败不堪的篱笆，最后终于来到海边一座小房子前。

五峰城，油画，莱蒙托夫绘

马舒克山好像一顶毛茸茸的波斯帽，遮盖住了那一面的天空；东面看起来更加赏心悦目：下面是一座五彩斑斓、干净崭新的小城，具有治疗功效的泉水潺潺流淌，操着各种语言的人群熙熙攘攘；而那边，更远的地方，群山更蓝更氤氲，层峦叠嶂，像一个围成半圆形的剧场。

毕巧林与公爵小姐，素描，莱蒙托夫绘

她感到好些了，想摆脱我的手，但我把她娇嫩柔软的细腰搂得更紧了。我的脸都快贴着她的脸了。她脸上飞起一片红晕。

常读常新的文学经典

“经典新读”总序

意大利作家卡尔维诺认为文学经典可资反复阅读，并且常读常新。这也是巴尔加斯·略萨等许多作家的共识，而且事实如此。丰富性使然，文学经典犹可温故而知新。

《易》云：“观乎天文以察时变，观乎人文以化成天下。”首先，文学作为人文精神的重要组成部分，既是世道人心的最深刻、最具体的表现，也是人类文明最坚韧、最稳定的基石。盖因文学是加法，一方面不应时代变迁而轻易浸没，另一方面又不断自我翻新。尤其是文学经典，它们无不为我们接近和了解古今世界提供鲜活的画面与情境，同时也率先成为不同时代、不同民族，乃至个人心性的褒奖对象。换言之，它们既是不同时代、不同民族情感和审美的艺术集成，也是大到国家民族、小至家庭个人的价值体认。因此，走进经典永远是了解此时此地、彼时彼地人心民心的最佳途径。这就是说，文学创作及其研究指向各民族变化着的活的灵魂，而其中的经典（及其经典化或非经典化过程）恰恰是这些变中有常的心灵镜像。亲近她，也即沾溉了从远古走来、向未来奔去的人类心流。

其次，文学经典有如“好雨知时节”“润物细无声”，又毋庸置疑是民族集体无意识和读者个人无意识的重要来源。她悠悠幽幽地潜入人们的心灵和脑海，进而左右人们下意识的价值判断和审美取向。举个例子，如果一见钟情主要基于外貌的吸引，那么不出五服，我们的先人应该不会喜欢金发碧眼。而现如今则不同。这显然是“西学东渐”以来我们的审美观，乃至价值判断的一次重大改观。

再次，文学经典是人类精神的本能需要和自然抒发。从歌之蹈之，到讲故事、听故事，文学经典无不浸润着人类精神生活之流。所谓“诗书传家”，背诵歌谣、聆听故事是儿童的天性，而品诗鉴文是成人的义务。祖祖辈辈，我们也便有了《诗经》、楚辞、汉赋、唐诗、宋词、元曲、明清小说等。如是，从“昔我往矣，杨柳依依；今我来思，雨雪霏霏”到“落叶归根”，文学经典成就和传承了乡情，并借此维系民族情感、民族认同、国家意识和社会伦理价值、审美取向。同样，文学是艺术化的生命哲学，其核心内容不仅有自觉，而且还有他觉。没有他觉，人就无法客观地了解自己。这也是我们拥抱外国文学，尤其是外国文学经典的理由。正所谓“美哉，犹有憾”；精神与物质的矛盾又强化了文学的伟大与渺小、有用与无用或“无用之用”。但无论如何，文学可以自立逻辑，文学经典永远是民族气质的核心元素，而我们给社会、给来者什么样的文艺作品，也就等于给社会、给子孙输送什么样的价值观和审美情趣。

文学既然是各民族的认知、价值、情感、审美和语言等诸多因素的综合体现，那么其经典就应该是民族文化及民族向心力、凝聚力的重要纽带，并且是民族立于世界之林而不轻易被同化的鲜活基因。古今中外，文学终究是一时一地人心的艺术呈现，建立在无数个人基础之上，并潜移默化地表达与传递、塑造与擢升着各民族活的灵魂。这正是文学不可或缺、无可取代的永久价值、恒久魅力之所在。正因为如此，人工智能最难取代的也许就是文学经典。而文学没有一成不变的度量衡。大到国家意识形态，小到个人性情，都可能改变或者确定文学的经典性或非经典性。由是，文学经典的新读和重估不可避免。

一、时代有所偏侧。就近而言，随着启蒙思想家和浪漫派的理想被资本主义的现实所粉碎，19 世纪的现实主义作家将矛头指向了资本。巴尔扎克堪称其中的佼佼者。恩格斯在评价巴尔扎克时，将现实主义定格在了典型环境中的典型性格。这个典型环境已经不是启蒙时代的封建法国，而是资产阶级登上历史舞台以后的“自由竞争”。这时，资本起到了决定性的作用。

二、随着现代主义的兴起，典型论乃至传统现实主义逐渐被西方形形色色的各种主义所淹没。在这些主义当中，自然主义首当其冲。我们暂且不必否定自然主义的历史功绩，也不必就自然主义与现实主义的某些亲缘关系多费周章，但有一点需要说明并相对确定，那便是现代艺术的多元化趋势，及至后现代无主流、无中心、无标准（我称之为“三无主义”）的来临。于是，绝对的相对性取代了相对的绝对性。恰似巴尔扎克、托尔斯泰在我国的命运同样堪忧。

与之关联的，是其中的意识形态和艺术精神。第一点无须赘述，因为全球化本身就意味着国家意识的“淡化”，尽管这个“淡化”是要加引号的。第二点，西方知识界讨论“消费文化”或“大众文化”久矣，而当今美国式消费主义正是基于“大众文化”或“文化工业”的一种创造，其所蕴涵的资本逻辑和技术理性不言自明。好莱坞无疑是美国文化的最佳例证，而其中的国家意识显而易见。第三点指向两个完全不同的向度，一个是歌德在看到《玉娇李》等东方文学作品之后所率先呼唤的“世界文学”。尽管曾经应者寥寥，但近来却大有泛滥之势。这多少体现了资本主义制度在西方确立之后，文学何以率先伸出全球化或世界主义触角的原因。遗憾的是资本的性质不会改变。而西方后现代主义指向二元论的解构以及虚拟文化的兴盛，最终为去中心的广场式狂欢提供了理论或学理基础。

由上可见，经典新读和重估势在必行，它是时代的需要，是国民教育的需要，是民族复兴、国家发展的需要。为此，我们携手生活·读书·新知三联书店，以当代学术研究为基础，精心选取中外文学经典，邀请重要学者和译者，进行重新注疏和翻译，既求富有时代感，也坚持以我为本、博采众长的经典定位。学者、译者们参考大量文献和前人的版本、译本，力图与21世纪的中文读者一起，对世界文学经典进行重估与新读，以期构建中心突出、兼容并包的同心圆式经典谱系。我称之为“三来主义”，即“不忘本来，吸收外来，面向未来”。

除此之外，我们还特邀了相关领域的专家学者，为每部作品撰写了导读，希望广大读者可以在经典阅读的基础上，进一步了解作品产生的土壤，知其然，并且所以然。愿意深入学习的读者，还可以依照“作者生平及创作年表”以及“进一步阅读书目”按图索骥。希望这种新编、新读方式，可以培植读者，尤其是青少年读者亲近文学经典，使之成为其永远的精神伴侣和心灵慰藉。

需要特别说明的是，“经典新读”主要由程巍、高兴、苏玲等同事策划、推进，并得到了诸多译者和注疏者，以及三联书店新老朋友的鼎力支持。在此谨表谢忱！

（陈众议，中国社会科学院外文所所长）

目录 Contents

导 读

《当代英雄》的艺术世界

张建华

在19世纪俄罗斯作家的队伍中，恐怕没有人比米哈伊尔·莱蒙托夫更充满谜一般的色彩了。起码没有一个作家会激起人们如此多的想象性的描述和猜谜般的假设。别林斯基说，倘若莱蒙托夫不是在青春年少时去世，那么他的文学光焰说不定会将普希金的辉煌遮蔽；托尔斯泰说，如果莱蒙托夫还在，那么还要我、还要陀思妥耶夫斯基干什么？…… 这些话都是不轻易置言的大批评家、大作家讲的，所以更令人深长思之。

文学的阅读当然是应该以文本为对象的，但作者个人的性格、情感特征、生命经历、思维方式等绝对是一个非常重要的参照系。由“人”而“文”的思考，往往能更好地理解作家创作的情感取向、理性思考以及叙述风格的来由。一个作家的创作美学首先是体现在他的“生存美学”当中的，它贯穿其一生，最终才形成他的生命品格和诗学风格，尤其是对待像莱蒙托夫这样的诗人。莱蒙托夫的大多数作品都有着明显的自传性，他的诗歌、小说与他的个性生命同质、同步、同义，充满了复杂性和诸多的不确定性。

1

“恶魔”是莱蒙托夫创作的核心形象，也是他生命和精神存在的结晶体。十六岁时他就写下了名为《魔王的飨宴》和《我的恶魔》的诗，那部最有影响的浪漫主义叙事长诗《恶魔》是他从十三岁开始创作，直到生命末年才完成的，几乎贯穿了他文学生涯的始终。“恶的集成是他的天性，/ 翱翔在云雾迷漫的天空，/…… 只要我还活着，/ 傲慢的恶魔便不会与我分离，/ 他会用神奇之火的烈焰，/ 将我的智慧点亮；/ 它会向我展示完美的形象，/ 却又即刻消逝永不现身，/ 它赋予我美好的预感，/ 却永远不让幸福停留在我的身旁。”[1]这是他在《我的恶魔》中的自白。无论在少年米沙的感悟中，还是在大诗人米哈伊尔·莱蒙托夫的认知中，“恶魔”始终是一个不甘被教化、统治、规训的自由、自然的存在，是一个与强大的社会形态、文明形态对抗的精灵。

“恶魔”心性——这恐怕是除了莱蒙托夫的外祖母、父

〔1〕 М.Ю.Лермонтов, Избранные произведения, Московский рабочий, 1957, С.57.

亲和极为有限的几个朋友外，上至尼古拉一世、下至与他有过交往的许多人对他的一种共同评价。当然，我们不可过分看重这一词语的负面意义，莱蒙托夫生命中常在的孤独、狂野、神秘以及一种超自然的预见能力正是“恶魔”心性的基本特征。浪漫主义作家和思想家、莱蒙托夫的好友、被称为“俄罗斯的浮士德”的奥多耶夫斯基公爵曾经问过莱蒙托夫，他以谁为长诗《恶魔》中的原型，莱蒙托夫说：“以我自己啊，公爵，难道您没看出来？”公爵追问说：“但是您并不像这位可怕的反抗者和阴鸷的勾引者。”诗人答道：“请相信吧，公爵，我还不如我的恶魔呢。”〔1〕

莱蒙托夫三岁时母亲去世，世袭贵族的外祖母担心生活窘困的父亲无力抚养和教育儿子，剥夺了他当父亲的权力，米沙在竭尽溺爱、专横的外祖母的抚育下长大，孤独、不自由成为他幼时最大的生存现实。除了物质的丰裕，家庭生活没有给他留下任何美好的记忆。“我从生命起始，/就酷爱抑郁的孤独，/ 沉溺于自我，/ 唯恐无法掩饰忧伤，/而唤醒人们的怜悯……”〔2〕批评家和莱蒙托夫的传记作者邦

〔1〕 邦达连科，《天才的陨落：莱蒙托夫传》，王立业译，新星出版社，2016，第286—287页。

〔2〕 М.Ю.Лермонтов, Избранные произведения, Московский рабочий, 1957, С.11.

达连科说："从童年起，从在米哈伊尔·莱蒙托夫庄园诞生起，富有神秘特征的恶魔基因已经与生俱来。"[1]米沙生性善良，却任性顽劣，但凡遇到大人责罚农奴去马厩过夜，米沙便会倒地撒泼、哭闹不已，而折腾起小猫来却是手段残忍。他动辄会气他的外祖母，稍不顺心，就会将她心爱的花草连根拔起，恣意践踏。终止了他少时"顽劣根性"的是他的一场大病——淋巴结核。大病之后，无法与普通孩子一样玩耍嬉闹的米沙变得越发孤寂，小小年纪便学会了沉思、遐想。这成为他疗救病痛的一种方式，而沉思、遐想的果实便是远远超出他年龄的情感、心灵和思维的早熟。莱蒙托夫五岁迷上了戏剧，十岁琢磨着恋爱，十三岁开始作诗，十四岁写下了第一部长诗，年纪不大就被死亡的思绪弄得痛苦不宁。在莫斯科大学贵族子弟附中同学的眼里，米沙还没毕业就活像一个爱动气的小老头儿了。

与孤独、自恋相伴的是他的奇崛、狂野——这既是莱蒙托夫的一种生存方略，也成为他有限生命的人格疾患。无论在莫斯科大学，还是后来在彼得堡骠骑兵士官生学校读书的日子，他不喜欢任何人，几乎没有朋友，独自沉浸

[1] 邦达连科，《天才的陨落：莱蒙托夫传》，王立业译，新星出版社，2016，第287页。

在书的海洋里，或是埋首于快乐诗歌的创作中。一旦遭遇挫折或是委屈，他就喜欢当面嘲弄、戏侮他人，若是没有嘲弄对象，他会没完没了地拿他的勤务兵出气。别林斯基说，“这是一个极为剽悍，随时都会动刀子伤人的俄罗斯人”。[1] 生命中两次决斗都是为了自我的尊严、声誉，尽管有研究者言，其间莱蒙托夫表现出无比的大度和君子气概。其不管不顾的狂野式的神勇充分表现在他流放期间与高加索山民的战斗中。

莱蒙托夫之所以被视为一个灵异的“恶魔”，恐怕很重要的一个原因在于他对现实世界的无法认同和接受。凭着桀骜不驯的天性并借助于一双犀利的“恶魔”之眼，他清晰地、无限伤痛地看出了他所生存的现实世界的平庸、荒谬和人的丑陋、邪恶。“身旁常常聚集着五光十色的人群，/就在我面前，仿佛如同梦魇一般，/ 在充斥着音乐与舞蹈的喧嚣声中，/ 在粗鲁的陈言俗语的悄声细语中，/闪过一具具如同行尸走肉的身影，/一个个人模狗样的假面人。……每当我清醒后将谎言戳穿，/人群的喧嚣声便会将我的理想惊散，/还有前来庆贺节日的不速之客，/ 嗨，我多么想搅

〔1〕 Вячеслав Пьецух, Русская тема, М. Глобулус, 2008, С.159.

乱他们的欢愉，/无畏地把浸透了痛苦和愤懑的如铁诗句，/掷向他们的面庞。”[1] 在这首写给克拉耶夫斯基的诗中我们轻易就能读出毕巧林的话语，它最为鲜明地道出了诗人面对精神幻灭的贵族上流社会的一种决然姿态。举世皆浊，唯我独清，卓然世外也是一种高贵的“魔性”，更何况他还要“戳穿谎言”，“搅乱欢愉”。

莱蒙托夫鄙视上流社会，却又被这个社会所吸引，他憎恶虚伪、卑鄙的皇室贵族，却又迷恋宫廷生活的五光十色，这正是他心灵的矛盾与纠结所在。即使是从南方流放地归来在彼得堡做短暂休假的三个月，他也不甘寂寞，奔走在上流社会，陶醉于社交界对他的追捧，不管不顾地以其被流放者的身份出席伯爵夫人沃伦佐娃－达什科娃举办的有皇室成员参加的舞会。上流社会连同它所代表、象征的一切——荣耀、辉煌、地位，曾经是贵族少年一度的向往，但是当他发现拥有所有这一切的人不过是肉身、皮囊，而上流社会只是他们的寄居地和驿站，不再是他的理想和归宿时，他便不知所往了，生命的悲情由此而生。

什么是诗人生命中一再拨动同时代人和后人，特别是

[1] М.Ю.Лермонтов, Избранные произведения, Московский рабочий, 1957, С.110.

当代人心弦的品格？那就是他对真理、自由、美好的捍卫，这是莱蒙托夫从小就为之不安和痛苦，且一生坚守的生命立场。在崇尚伪善与谎言的上流社会中长大的他，直到生命的最后一刻都与任何欺骗和虚假格格不入。在人生的各种苦境和险境中，莱蒙托夫的这一生命诉求异常顽强，成为他与虚伪、邪恶抗争的不可战胜的伟力，这也是他的“诗歌与帝国对立”的源泉所在。他说：“真理永远是我的圣殿，现在，当我把我的负罪的头颅交付审判的时候，我将坚定地吁求于它，面对沙皇和上帝，我视它为一个有着高尚品格的人的唯一的保护者。”真理、自由、美好的不可求使他经常怀疑和发问，使得这个动辄激越不已的青春生命显得尤为活泼、热烈和奔放，有时甚至到了冲动和盲目的程度。文学所宣传的真理和自由思想从来都是要受到惩罚的，他似乎早在十七岁上就预见到了自己的这一厄运，“一座血腥的坟墓等待着我，/ 那里没有祷文，没有十字架，/ 在咆哮不止的湍急的河岸上，/ 还有这烟霭蒙蒙的天穹下”〔1〕。

莱蒙托夫在诗歌中表达的自由追求还有另一种虚指，即对现代都市文明的恶感，对神秘、荒漠的好感，对自然、

〔1〕 邦达连科，《天才的陨落：莱蒙托夫传》，王立业译，新星出版社，2016，第 4 页。

上苍的向往。“我独自走上大路；/ 碎石嶙嶙的路在雾霭中闪烁；/ 夜色沉沉，荒野在聆听上帝的声音，/ 连星星也在相互倾诉。/ 苍穹多么庄严且神奇！/ 大地在蓝色的光焰中沉睡……为何我活得如此痛苦、如此艰难？”[1] 诗人渴望一个自然与精神相统一，纯真、和谐、欢乐、安宁的理想世界，他一生都在瞩目大地、天空，晨曦、星星。“高加索”是他最想写的诗，是莱蒙托夫探寻自由天性、纯真与和谐源头的一个方向。它不仅是地理学意义上的山地高原，更是未被上流社会文明裹挟、淹没、席卷的自然、纯净的地方。“我热爱高加索，/ 如同我的祖国唱响的一首甜美的歌。/……在玫瑰色晚霞的梦中，/ 每每能听见草原不断重复的那无法忘却的声响，/ 我热爱高加索，/ 热爱她那峻峭的峰峦。/ 山峦峡谷，我与你在一起感到幸福无比；/ 五个春秋已逝：却始终为您苦苦相思。/ 我在那里见过上帝的双眼，/ 只要一想起那眼神，便心潮澎湃：/ 我爱高加索。”[2] 诗中高加索成为超越自然、宇宙的生命认同的象征，成为他实现自我净化、精神救赎的精神高地，它得以让他站在

[1] М.Ю.Лермонтов, Избранные произведения, Московский рабочий, 1957, С.151.

[2] М.Ю.Лермонтов, Избранные произведения, Московский рабочий, 1957, С.11.

自然、宇宙之巅俯视人类世相，成为一个能与上帝对话的先知。“自从永恒的裁决者，/给予了我先知的慧眼，/我便在众人眼中读出了，/ 那一桩桩的邪恶与罪行。”〔1〕有批评家说，莱蒙托夫早在尼采之前许久已经在他的《恶魔》《童僧》中塑造了俄罗斯的超人形象。〔2〕

莱蒙托夫不仅是一个充满“魔性”的现实的叛逆者，他还是对异性充满渴望，却又很快厌倦、最终选择遗弃的“情魔”。“孩提时我这颗骚动的心，/ 就已经懂得炽热的爱的怅惘”〔3〕，这个天生的情种似乎始终在迷恋、放弃，又迷恋、又放弃的情感轮回中，从未将一首爱情的歌曲唱完。中学的同窗瓦莲卡·洛普欣娜（书中薇拉的原型）、卡坚卡·苏什科娃（书中梅丽的原型）、娜塔莉娅·马尔蒂诺娃、伊万诺娃都先后被莱蒙托夫以独有的方式宠爱，但很快又被他厌倦，最终又都成了他人的妻子。在第二次流放高加索期间，莱蒙托夫曾与在高加索游历的法国女诗人奥迈尔·德·赫尔有过短暂的恋情。即使在与法国大使的儿子

---

〔1〕 М.Ю.Лермонтов, Избранные произведения, Московский рабочий, 1957, С.154.

〔2〕 邦达连科，《天才的陨落：莱蒙托夫传》，王立业译，新星出版社，2016，第53页。

〔3〕 同上书，第133页。

巴兰特决斗后被捕期间莱蒙托夫也未闲着，给看守的女儿写过一首名为《女邻》的诗(1840)，“我显然已等不到自由，/ 牢狱里的日子像是年复一年的漫长……假如没有可爱的女邻，/ 我则早已死在这囚牢！……今天我们随着霞光一起醒来，/ 我朝着她轻轻点头致意……选一个沉沉的黑夜天，/ 用浓烈些的酒把父亲灌醉，/ 将一根条纹毛巾挂在窗前，/ 好让我看见。”[1]爱原本能够抚慰受伤的心灵，爱之光应该照亮人内心的沉重与黑暗，但是错位的爱却让诗人深感痛苦。正如索洛维约夫所说，“在莱蒙托夫的笔下，爱情已是明日黄花……我们看到的只是让人神魂颠倒的回忆与想象的游戏”[2]。他的爱情诗中亦充满了责备与哀怨，那是与情人道别时的絮语，是恋人辜负了他希望和渴求后的情感背叛，是因为爱情而牺牲了创作自由和安宁的慨叹……

从莫斯科大学和贵族士官生学校走出来的莱蒙托夫，生命里刻骨铭心地留下了19世纪20—30年代的烙印，自由、独立、快乐的青春理想和生命浪漫被击碎后的失望和痛苦使他永远陷入了心灵的“魔障”中，孤独、沉郁、苦

〔1〕 М.Ю.Лермонтов, Избранные произведения, Московский рабочий, 1957, С.123.

〔2〕 邦达连科，《天才的陨落：莱蒙托夫传》，王立业译，新星出版社，2016，第137页。

难成为莱蒙托夫人生和创作的思想原点。白银时代的宗教哲学家索洛维约夫说，莱蒙托夫以其“阴暗的浪漫主义”接近了那个充满预见性的恶魔般的心性。是时代翘首期待着与莱蒙托夫相遇，还是他的精神气质迎合了时代的精神内核？其实这是一个双向拥抱的过程，莱蒙托夫始终带着历史的沉重呼吸，向现实发问，进而“叛逆”“起义”。也正因为如此，他的文学精神才值得文坛立足仰望、激赏。邦达连科说，如果你想了解莱蒙托夫，那么你就去读《当代英雄》吧，甚至在细节上它都是确实可信的。

2

从18世纪开始，俄罗斯作家就从“平等”“自由”“希望”的理念出发，偏重于发扬小说创作领域的现实主义精神——书写贵族知识分子的精神探索和平民主义的小人物的苦难，对于西方小说皆然的传奇性英雄叙事始终有着明显的拒斥。然而，莱蒙托夫从卢梭、斯塔尔夫人、拜伦、阿尔弗雷德·缪塞等西欧作家创作中汲取的是一种对“不凡”的追求和“个人英雄”的情结。《当代英雄》就是一部典型的以传奇性的生命故事为载体的文学叙事，英雄悲剧的艺术叙事在很大程度上决定了这部小说的思想特质和诗学品位，也决定了小说核心人物的生命和精神魅力。

阅读《当代英雄》并不是一件轻松的事情。作品虽然体量不大，但小说中充满了对人性与生命存在最幽微处的洞察与发掘，交织着灵魂创伤、生命苦难、情感经验的文字，还有作者近乎偏执的细密的人物心灵探究，令人战栗的道德诘问，而所有这一切都是通过一个充满“魔性”的主人公毕巧林——这一莱蒙托夫以自我为原型的人物的内心世界展现的。尼古拉一世的时代语境、贵族上流社会以及沙皇军队的日常生活成为有些遥远的叙事背景，而毕巧林的生命体验和复杂情感表现出不同寻常的异质性和私密性。由此，所谓的社会心理小说、“多余人”小说全都让位于“当代英雄”的精神景观叙事。阅读小说的难度在于习惯于妥协、随顺和理性思维的我们与一个冷漠却灼热、乖戾却高远、单纯且复杂，英雄兼魔鬼的毕巧林心灵对话的难度。

毕巧林是个贵族军官，博学多才，教养一流，这是他赖以自傲的身份和精神优势；他年轻英俊、体魄健硕、潇洒风流，这是他成为“偶像级”男神的资本。无论在京都上流社会，还是在山间要塞，无论在男性群落，还是在女性世界，他总能所向披靡、从不言败。他有绝对的男人的阳刚与魅力、壮士般无坚不摧的力量、刚毅坚强的意志、超群的智慧，无论是邂逅的走私贩子，还是自由勇猛的山民，或是上流社会的贵族、军官，任何人设置的障碍也无法将他阻拦。毕巧林绝对拥有时代英雄的生命品格。

与此同时，他也拥有与这一生命品格相应的精神境界。毕巧林曾在上流社会享受过一切可以用钱得到的乐趣，体验过各种女人施与的爱情。但俗世的享乐并没有使他快乐，女人的柔情也没给他带来幸福，纸醉金迷、崇尚虚荣的上流社会生活让他厌倦，知识贵族的精神空虚和思想稀薄令他鄙视。毕巧林始终坚守自我，拒绝流俗自污。他从骨子里有一种对庸俗、空虚的抗拒，对世俗性、功利性的超越，这正是毕巧林超凡脱俗的精神力量所在。他始终雄踞于“俗人”之上，其眼中的“俗”首先是人格上的庸俗。他的老朋友、老战友，单纯、质朴的马克西姆·马克西梅奇在见到多年未见的毕巧林后激动得泪水涟涟，毕巧林却有一搭无一搭地应酬了两句后扬长而去。其实，并非毕巧林不懂友情，不近人情，而是因为在这个上尉军官的身上他同样看到了无法容忍的“流俗”。马克西姆·马克西梅奇善良、真诚、热情，但比起具有作家莱蒙托夫鲜明印记的毕巧林来，这个虚构的人物显然过于现实，过于物质，他清晨起床就喝酒，白天无所事事便玩多米诺。至于高加索伊丽莎白温泉当地的地主贵族，还有来这里做水疗的男男女女，或喜欢喝酒、追女人、玩赌博，或自说自话，喜欢卖弄、邀宠，毕巧林对他们冷眼相对亦在情理之中。五官不正、睿智犀利、生活严谨的医生维尔纳让他看到了一颗崇高的心灵，找到了一个绝无仅有的惺惺相惜的诗人知音，然而他仍然看到了好友并未脱俗的“虚荣心”和渴望成为富翁的“金钱欲”。

然而，时代英雄的生命品格与精神境界并未能造就真正的时代英雄，毕巧林成了时代的弃儿。莱蒙托夫用“时代英雄”这一不无讽喻的修辞，欲表达对复杂、矛盾，充满悲剧性的生命存在的一种体察与感悟，也是他在为自己的作为“永远异己者”的“恶魔”及其批评权利的辩护。

小说中并没有对充满种种病态症候的现实世界的直接描述，但毕巧林日记所记录的温泉世界里的众生相以及主人公对其晦暗青春的审视，便能让我们发现一个非理性、梦魇式荒诞的世界构建。他说，“我谦虚谨慎，他们却说我狡猾，于是我变得畏首畏尾。我明辨善恶，可是没有人珍惜我。大家都侮辱我，于是我变得爱记仇了……我觉得自己比他们高贵，人家却把我看得低贱。于是我就变得爱嫉妒了。我愿意爱整个世界，可是没有人理解我，于是我学会了仇恨。我晦暗的青春就是在我与自己和社会的斗争中流逝的”。我们在毕巧林的话语中看到的是一种被现实所摧残的力量，这力量为了自己安全和归属感的需求有权利做出自己的反应并要求补偿。但毕巧林把枪口对准的不是社会制度本身，而是社会对行为伦理与生命价值认知的错位，这不仅是他所处的时代命题，它所揭示的几乎是人类存在的一个永恒主题。

作为一种“应激反应”的自傲、冷漠、尖刻，成为毕巧林一种强大的“有声力量”，激发他对现实世界和现实中的人尽情地泼撒敌意。他肆意嘲弄军官格鲁什尼茨基，只要抓住他言行中不洁的动机，便会用各种尖刻的言辞揭穿其为人的卑微和轻浮。他喜欢在好友维尔纳的面前卖弄他的智慧和见识。医生的“我迟早会在一个美好的早晨死去”的生命感慨被毕巧林的一句更为哲学的话语所消解，“除了你说的以外，我还相信，我是在一个倒霉的夜晚出生的”，他向俄罗斯的“靡菲斯特”表达的是更为深沉和睿智的叔本华式的生命悲剧意识。连深爱着他的梅丽公爵小姐都对他的“毒舌”心惊胆战，她说：“我宁愿在林子里被人捅死，也不愿意被你的毒舌骂死。”毕巧林的心中始终充满着一种由怨艾、怅惘而生成的怨毒气，而高度膨胀的自我中心主义强化了毕巧林恶毒的“魔性”。“我爱仇敌，尽管不是基督教倡导的那种爱。他们给我解闷，让我热血沸腾。总是保持警觉，捕捉每一个眼神，猜测每一句话的意思，揣摩意图，揭穿阴谋，假装受骗，然后突然一击，粉碎苦心经营的阴谋大厦，这才是我所谓的生活。”一个人在表现出特殊的刻薄和粗暴的时候，往往是为了掩盖其内心隐秘的情结：对现存社会观念的摒弃和现有文化秩序的质疑。而且刻薄与残酷向来是与暴力合谋，成为暴力的过程体现。毕巧林在决斗中杀死了格鲁什尼茨基，一个个美丽的女性也逃脱不了他情感上的冷暴力。

莱蒙托夫不仅从他自己的人生中汲取了足够的情感经验，还竭尽想象地构建了毕巧林与四个女子（有着各自的生活原型）的情爱纠葛，以检视他自己的情感世界。毕巧林轻而易举地征服了一个个女人的心。然而，他对女人的迷恋并不是情感层面的，而是生理、心理层面的。贝拉让他着迷的是她高挑修长的身材和两只山羚羊般的黑眼睛；塔曼镇十八岁的“美人鱼”让他发狂的是她那个“标致的鼻子”、琢磨不透的性格，还有火辣辣的激情；梅丽令他销魂的是她那对长着如同天鹅绒般睫毛的眼睛，而他之所以要招惹她，是征服欲的驱使；薇拉是他唯一爱过的意志坚强的女人，爱她也只是因为他始终也未能彻底征服她。与她们在一起，他不承担任何情感责任，也不遵循任何道德原则。“不论我爱一个女人爱得多么狂热，如果她让我感到我应该和她结婚，那么，永别了，我的爱人！我的心就会变成石头，任何东西都不能使它再热起来。我愿意牺牲一切，只有结婚是例外。”“难以抑制的爱的冲动，把我们从一个女人抛向另一个女人，直到我们找到一个讨厌我们的女人为止。……这一永无止境的秘密就在于无法抵达终点，也就是说，这种情欲永无满足的时候。”我们从毕巧林与梅丽公爵小姐的情感游戏以及他与将军夫人薇拉的相爱与别离中，从毕巧林卑微琐细的自我情感、幸灾乐祸的心理、工于心计的思维的叙写中，可以读出他逼仄的心胸和并不光明的心理投影。

女人是毕巧林的“最爱”，但“情圣兼情魔”的他从来没有握住过一双真实、温暖的手，他始终被锁在自我的镜像中，那是他孤独的宿命。那是因为他根本性地缺乏精神与心灵的崇高投入到爱情之中，还因为男权主义思想的作祟，他对异性的兴趣仅仅在于“撕下她们身上只有老练的目光才能看透的神秘面纱”，是为了检视他那“冷静的头脑”和“备受煎熬的心灵”。他所有的情感、心理状态都是坚硬的，所以也都是不幸的。读者眼睁睁地看着一个个美的失落、离去，甚至凋萎、毁灭。薇拉在写给毕巧林的充满血泪的诀别信中说：“你爱我，将我当作自己的私有物，当作欢乐、焦虑和悲伤的源泉，没有这些感情的交替更替，生活就会单调乏味。……我的心已经在你身上耗尽了一切最宝贵的东西，耗尽了眼泪和希望。爱过你的女人，看到别的男人不能不带些轻蔑，不是因为你比他们都好，哦，不是的！但是在你的天性中有些特别的东西，你独有的东西，一种孤傲和神秘的东西。你的声音里，不论你说什么，总有一种无可辩驳的力量；没有人像你那样，如此经常地希望被人喜爱；没有一个人的恶能像你身上的恶那样富有魅力；没有一个人的眼神能像你的眼神那样让人心情愉悦；没有一个人比你更善于利用自己的优势，也没有人比你更加不幸，因为谁也不会像你那样努力地损毁自己。”这不仅是毕巧林最难分难舍的女人对他的评价，也是莱蒙托夫以一个女恋人的名义书写的其人性与情感的真实表白。

毕巧林灵魂中的光明与黑暗、人性与魔性超越了小说的社会批判，而呈现为人性中的统一存在，不可回避的人性悖论。莱蒙托夫不仅是在肯定人性善恶的合理存在，更是在寻找以毕巧林为代表的俄罗斯知识分子的“精神走向”。“特立独行”不仅成为毕巧林的一种生存方式，还是他的一种哲学性的存在，成为他抗拒外在世界，寻找超越性人格和实现自我存在的生命之道。畸形的“独处”是主人公被边缘的结果，也可以看作他的一种寻找自我的主体选择。独行者的毕巧林不属于任何群体，他完全行走在主流话语之外。他借助于此在社会身份的缺失中睥睨凡世苍生，寻求自我的独立和生命价值的实现。在毕巧林身上，有莱蒙托夫对自由、独立的抒情化致敬，有他关于“特立独行”的理性思考，同时也有为优秀的俄罗斯知识分子如何实现自我所提供的可资借鉴的策略和教训。同时，我们可以发现，毕巧林看似在批判、消解现实社会既有的价值和秩序，其实并不能消解他自己对贵族血统的执着，对等级观念的认同，他徒有一个朦胧且无法实现的“英雄梦”，这一连他自己都无法把握的无奈也是他人生中的悲剧一面。

精神的苦难、生命的迷惘、情感的失落、前景的茫然还不是毕巧林生命悲剧的全部内容，因为悲剧的要素不仅仅是巨大的痛苦，还要有对痛苦的深层反思，对自我的灵魂拷问。毕巧林对其的生存状态和危机拥有一种高度的自觉，他对其卑琐本质的犬儒主义有着清晰的认知和真诚、无情的谴责。“我沉迷于空虚低俗的情欲，在情欲的磨炼下我变得像铁一般又冷又硬……我无数次地扮演着命运之斧的角色！我就像一把行刑的利器，毫无感情地落在那些在劫难逃者的头上……我的爱没有给任何人带来幸福，因为我从来没有为我爱的人牺牲过什么。我爱女人只是为了爱自己，为了自己的快乐。我贪婪地吞噬着她们的感情、她们的温柔、她们的欢乐与痛苦，我这样做只是为了满足我奇特的内心需求，而且从不知餍足。”这是毕巧林始终坚守的美好而珍贵的自省精神，尽管在这种自省中有一种自贬式的自恋，因为它缺乏一种真正的自省，其中更多的是一种自嘲与逃避的策略，因为我们在主人公有限的生命中没有看到他任何积极的人生价值的调整。

毕巧林始终在寻找生命的价值和人生的意义，尽管对于他而言，它们始终充满了不确定性。他痛苦地责备自己人生的迷惘，探究生命悲剧必然性的内在依据。他不断地发出人生的内心责问，一个又一个问题总在搅扰着他，令他备受折磨，他始终在寻找这些问题的答案，探寻内心的每一个波动，审视自己的每一个思想。他在自身的忏悔中努力让自己尽可能地真诚，不仅坦诚承认自己的缺点，而且还想象出不曾有过的，或者是对自己最自然的举动所做的有欠真诚的解释。毕巧林日记清晰地记录了他深刻的忏悔："我感觉到自己身上这种不知餍足的欲望，仿佛要吞噬人生之路上遇到的一切：我只是从我个人得失的角度来看待他人的痛苦与欢乐，把它们当作维持我精神力量的养料。我本人再也不会为情欲而疯狂，我的虚荣心被环境所压制，但是它以另一种形式表现出来，因为虚荣心无非是对权力的渴望，所以我最大的满足来自于让周围的一切服从于我的意志，让人家对我充满爱戴、忠诚和敬畏。"他的忏悔表明，人的神秘之处在于，他既有力量使自身的欲望达到满足的最大值，而且有更伟大的力量对自身欲望和行为进行无私的检视。对于罹患现代梦魇、跌落精神泥淖的现代人来说，这一忏悔具有正本清源的价值力量。“永远不要拒绝一个忏悔的罪人，因为他绝望之后可能犯更大的罪行”，毕巧林这句严肃而沉重的话语是对他人生忏悔价值和意义的最好注脚。毕巧林的“恶魔”心性并没有遮蔽其冷静、纯真、高远的品格，莱蒙托夫称他是“当代英雄”并非妄说。

毕巧林无因由地在从波斯回国的途中去世，莱蒙托夫在小说中一带而过的这一告白试图向读者表示，这是一个没有当下、没有未来，更没有人理解和接受、充满悲剧性的“当代英雄”的必然结局。小说叙事人在“毕巧林日记”中说，“一个人心灵的历史，哪怕是最渺小的心灵的历史，也未必不如一个民族的历史更有意思、更有教益，尤其是当这历史是一个成熟的头脑内省的结果”。在毕巧林“智慧的痛苦”后面隐藏着莱蒙托夫对那个现实和人的一种深刻的洞察，小说是19世纪30年代俄罗斯知识分子的生命启示录。

除了小说中的主人公，我们还要对长篇小说中所呈现的生态伦理观念做一个简单的追认。莱蒙托夫在小说中对大地、山峦、峡谷、河流、各种植物之灵踪的追寻是不可掩其光彩的。他的笔下有那么多多姿多彩、栩栩如生的大自然形象，有那么多对自然魅力的倾心书写，然而，仅从大自然描写的角度来解读这部作品是远远不够的。他写悲悯的山河大地、宁谧纯洁的雪山、惊魂不散的草木花树，他这是以对自然的无比敬畏尝试建立宇宙神性的可能。清晨的雪山上，宁谧一片，山路就像通向了天穹，一种愉悦的感觉传遍全身，站在世界的巅峰，叙事人获得了一种神灵赋予的孩子气，“当我们远离尘世喧嚣贴近自然的时候，会不由自主地变成孩子，所有后天获得的东西都从身上脱落，心灵恢复到原初的或是最终想到达的状态”。作家没有像许多质疑人类中心主义的生态写作者那样，把人排除在大自然之外，在他的笔下，我们总能看到一个因为自然而获得性灵延展、精神圣洁的人，一个沉潜在伟大的静谧中的人。莱蒙托夫小说的开阔与深邃还在于他所理解的大自然的开阔与深邃，在于他作为大自然之子深深地扎根于大地的根须。

莱蒙托夫还是19世纪小说叙事文体独辟新路的拓展者，这种拓展并非只是对社会心理的揭示，更为重要的是对人的生存状态、灵魂困境——人性之困、情感之困、精神之困——的关注和思考。莱蒙托夫通过暧昧与悲壮、寻找与反抗同在的叙事策略，实现了对主人公复杂人性和复杂灵魂的揭示。在别林斯基把文学当作改造社会利器的时候，莱蒙托夫就已经自觉地从文体层面和叙事技术开始切入小说创作了。长篇小说采用了不同的文体：旅行随笔、高加索小说、世俗故事、心理小说、神秘小说、书信体小说。

小说有三个叙事主人公，从梯弗里斯前往高加索的一个好奇的旅人、上尉马克西姆·马克西梅奇、毕巧林自己。通过他们的叙述，毕巧林慢慢地向我们走来、靠近，直至我们完全看清楚了他，从他的外貌肖像到他的情感灵魂。自然，作家的着眼点不在文体本身，其文体探索和叙事技术是为思想和情感表达服务的。小说中日记体式的运用就是为了显现毕巧林精神世界纵深的。此外，小说中用词的色泽饱满度非常高。别林斯基说："长篇小说的文笔时而像闪电的火花，时而像雷电的劈击，时而像撒落在天鹅绒上的珍珠。"批评家讲的首先是智慧，其次是力度，最后是优美。一部好的小说其实不是如何写得波涛汹涌，而是思想深邃、情感充沛、意义隽永、色彩鲜明，能引领读者穿越迷丛，走向光明。

《当代英雄》曾唤起乔伊斯书写英雄的巨大激情，他说："这本书对我所产生的作用太强烈了，就有趣的程度而言，屠格涅夫的任何一篇小说都不能与其相比。"[1]他的《英雄斯蒂芬》，后更名为《青年艺术家的画像》的自传体小说就是这一激情的产物。邦达连科说："这是一部最俄罗

〔1〕 邦达连科，《天才的陨落：莱蒙托夫传》，王立业译，新星出版社，2016，第338页。

斯化、最欧洲化的长篇小说。”[1]

（张建华，北京外国语大学教授，
博士生导师，俄罗斯文学研究专家）

---

〔1〕邦达连科，《天才的陨落：莱蒙托夫传》，王立业译，新星出版社，2016，第331页。

进一步阅读书目

《莱蒙托夫全集》，顾蕴璞主编，河北教育出版社，1996.

《你是我白天黑夜不落的星——莱蒙托夫经典诗歌插图珍藏本》，黎华译，现代出版社，2016.

《莱蒙托夫抒情诗全集》，顾蕴璞译，译林出版社，2006.

《莱蒙托夫叙事诗集》（上下册），智量译，华东师范大学出版社，2013.

《莱蒙托夫诗画集》，黎华编著，四川人民出版社，2006.

《莱蒙托夫研究》，顾蕴璞著，北京大学出版社，2014.

《莱蒙托夫的戏剧研究》，黄晓敏著，知识产权出版社，2014.

《天才的陨落：莱蒙托夫传》，弗拉基米尔·邦达连科著，王立业译，新星出版社，2016.

Герштейн Э.Г. Судьба Лермонтова. — 2-е изд. — М.: Художественная литература, 1986.

Георгий Гулиа Жизнь и смерть М. Лермонтова, М.; Художественная литература, 1980.

作者生平及创作年表

1814 年　10 月 15 日生于莫斯科。父亲是退役军官尤里·彼得罗奇·莱蒙托夫（1787–1831），母亲是玛利亚·米哈伊洛夫娜·莱蒙托娃（1795–1817）。

1818–1827 年　在外祖母伊丽莎白·阿列克谢耶夫娜·阿尔谢尼耶娃位于奔萨省的庄园里度过了童年。其间三次（1818、1820、1825）去高加索进行温泉治疗。高加索给莱蒙托夫留下了难以磨灭的印象，成为他诗歌的故乡。

1827 年　随外祖母迁居莫斯科。

1828 年　进入莫斯科大学附属贵族寄宿中学四年级学习。据莱蒙托夫自己说，这一时期他开始涂鸦写诗，为学校办的一些文学丛刊写稿。写出了第一部长诗《契尔克斯人》。

1829 年　创作长诗《高加索的俘虏》，开始构思并着手写长诗《恶魔》。

1830 年　考入莫斯科大学伦理政治系。这一时期开始了积极的文学创作，写了一些抒情诗、长诗和剧本（例如《西班牙人》和《人们与情欲》）。

1831 年　10 月 4 日，父亲尤里·彼得罗维奇·莱蒙托夫因患肺结核去世，终年44岁。这一年莱蒙托夫创作了大量抒情诗以及剧本《怪人》。

1832年 莱蒙托夫因反对保守派教授而被迫离开莫斯科大学，转至彼得堡近卫军骑兵士官学校。9月2日，致信玛·亚·洛普欣娜，信中附抒情诗《帆》。1832–1934年从事长篇小说《瓦吉姆》的创作。

1834年 被分配到驻扎在皇村的近卫军骠骑兵团服役。这一时期莱蒙托夫主要混迹于彼得堡上流社会，过着声色犬马的浮夸生活。

1835年 作品首次发表。据说莱蒙托夫的一位同事未经他的同意将其长诗《哈吉·阿布列克》交给杂志《读书文库》，结果在当年8月号上刊出。同年10月完成戏剧《假面舞会》。这一年他最钟爱的情人洛普欣娜在莫斯科嫁给巴赫梅捷夫。

1837年 在获知普希金的死讯后写下了著名的《诗人之死》。2月18日因该诗广为流传引起上层的震怒，莱蒙托夫被调往驻扎在高加索的尼日哥罗茨基龙骑兵团。由于外祖母的关系，他于同年10月被调回诺夫哥罗德的哥罗德宁骠骑兵团。

1838年 1月初来到彼得堡，直至2月中旬。后返回哥罗德宁骠骑兵团，不到两个月后，又被调回之前的近卫军骠骑兵团。莱蒙托夫重返上流社会的生活。7月在《当代人》发表未署名的《坦波夫的司库夫人》，写出了三个全新版本的《恶魔》，还有《匕首》《沉思》等诗歌。这一年他开始创作《当代英雄》。

1840年 因与法国大使的儿子巴兰特决斗而被军事法庭判处流放到高加索坚金步兵团。在流放前被羁押的日子里，别林斯基探望了他，对他的个性和艺术观非常赏识。该年《当代英雄》以单行本的形式出版发行，之前都是以章节的形式刊于杂志。5月初离开彼得堡去往高加索，临行前在卡拉姆辛家的告别晚会上吟诵了抒情诗新作《云》。在去高加索的路上，莱蒙托夫在莫斯科停留了大约一个月，与果戈里、阿克萨科夫和巴拉丁斯基等人会面，亲自为果戈里朗诵《童僧》。之后到达高加索，在军事行动中表现突出，被提请授奖。10月25日，《莱蒙托夫诗集》在彼得堡出版，印数达1000册。

1841年 1月中，获两个月的休假证回到彼得堡。2月初，《祖国纪事》刊载了别林斯基未署名的论文《论莱蒙托夫的诗》。假期结束前朋友们托关系为莱蒙托夫延期，莱蒙托夫得以在圣彼得堡继续逗留一段时间，此时莱蒙托夫已萌生退役之意，故意拖着不走，直到被勒令四十八小时之内离开首都重返高加索。5月20日，莱蒙托夫抵达高加索的五峰城，后获准在此进行温泉疗养。7 月 13 日与士官生学校时的同学尼·马尔蒂诺夫发生冲突，后者要求决斗。7 月 15 日，马尔蒂诺夫在马舒克山麓的决斗中杀死了莱蒙托夫。17 日，诗人的遗体暂葬在五峰城墓地，1942 年被移葬到诗人塔尔哈内的家族墓地。

当代英雄

Герой нашего времени

前　言

在任何一本书里，前言都是放在最前却写于最后的，要么是说明创作意图，要么是对批评的澄清和回应。但通常读者并不关心作者的道德目的和杂志的攻讦批评，所以他们一般不看前言。对这种状况我深表遗憾，尤其是在我们这里。我们的读者还太傻太天真，如果他们读寓言的时候没在结尾处发现通常会有的教谕警句，他们便看不懂其中的寓意。他们看不出其中的戏谑，体会不到里面的讽刺。我们的读者阅读修养实在太差。他们不知道，在上流社会和正经书籍里是不可能出现公然谩骂的现象；现代文明发明了一种更为犀利却几乎难以觉察的，同时却更为致命的武器，它在糖衣炮弹的掩护下实施着难以抵御的精准打击。我们的读者则天真得像一个乡巴佬，在偷听了两个敌对国家外交官的谈话之后，居然会相信，他们能为了相互之间温情款款的友谊而欺骗各自的政府。

不久前，一些读者和杂志很不幸地仅凭字面意义就对本书进行了解读。一些人义愤填膺，很严肃地谴责本书，说竟然把“当代英雄”这样毫无道德的人树为榜样；另一些人则非常隐晦地指出，作者描绘的是自己和身边熟人的肖像……真是可笑！这样的笑话不仅俗不可耐，而且不值一哂。但俄罗斯显然就是这样一个地方，一切都在更新，唯独类似的谬论难以革除。就连最奇幻的童话也很难逃脱蓄意侮辱人格的责难！

我仁慈的先生们，《当代英雄》的确是肖像画，但不是一个人的肖像画：这是一幅由我们整整一代人身上充分发展了的缺点构成的肖像画。我知道你们会说，人不可能这么坏，但我想说的是，既然你们相信所有的悲剧和幻想故事中的坏人是现实存在的，那么为什么你们不相信毕巧林的真实性？如果你们欣赏那些更为可怕更为丑陋的虚构人物，那么这个同样是虚构的人物为什么得不到你们的同情呢？难道是因为他比你们希望看到的更加真实？……

你们会说，你这样写，岂不是让道德落了下风？对不起。人们已经被喂了太多的甜食，胃都吃坏了：他们需要苦口良药和逆耳忠言。但千万别以为本书的作者有匡正人性恶习的鸿鹄之志。他这点自知之明还是有的！他只不过乐于描写他心目中的当代人形象，不幸的是，这类人无论他还是你们都司空见惯。他的目的在于指出病症所在，至于如何疗救，只有天晓得了！

第一部

一　贝拉

我搭乘驿车从梯弗里斯启程，全部的行李只是一个不大的箱子，其中一半塞满了我的格鲁吉亚旅行笔记。这些笔记的大部分，算你们走运，都遗失了，而箱子和其余的东西，算我走运，都完好无损。

当我的车驶入科依沙乌尔山谷的时候，太阳开始在雪山后面隐没。奥塞梯车夫为了赶在天黑之前登上科依沙乌尔山，不停地鞭打着马儿们，同时大声地唱着歌。这条山谷真是绝美之地！四面壁立千仞，红色的山岩上爬满翠绿的常春藤，顶部覆盖着一簇簇悬铃木，黄色的峭壁上随处可见流水冲蚀的痕迹。极目远眺，流苏般的雪峰闪着金光，下面的阿拉格瓦河，与另一条从黝黑阴霾的峡谷里奔腾而出的无名小河汇聚在一起，像一条鳞光闪闪的银蛇蜿蜒而去。

行至科依沙乌尔山脚，我们停驻在一家小饭馆旁。这里闹哄哄地聚集着一二十个格鲁吉亚人和山民，附近还有一个驼队在此歇脚过夜。我得雇几头公牛，好把我的马车拖上这座该死的大山。因为已是秋寒时节，路面结了薄冰——而这条山路差不多有两俄里长。

无奈之下，我雇了六头公牛和几个奥塞梯人。其中一个把我的手提箱扛在肩上，其他几个人要做的则只是吆喝催促公牛前行。

我的车后面跟着一辆四头公牛拉的车，虽然装得满满当当，但四头牛拉得毫不费力。这让我十分纳闷。主人跟在车后面，嘴里叼着一个镶银的卡巴尔达小烟斗。他身着一件没有佩戴肩章的军官服，头戴一顶毛茸茸的契尔克斯皮帽，看起来五十岁左右。他黝黑的肤色表明，他已在外高加索生活多年，而未老先白的胡须与他矫健的步伐以及精神的外表不大相称。我走到他面前，鞠躬致意。他默默地躬身还礼，吐出一大团烟雾。

“看来我们是同路的吧？”

他没有搭话，又鞠了一躬，算是回答。

“您是去斯塔夫罗波尔吧？”

“没错……给公家运东西。”

“请问一下，为什么您这么重的车，四头公牛拉起来丝毫不费力气，而我的空车六头牛才勉强拉动，而且还是在这些奥塞梯人的帮助下？”

他狡黠地一笑，意味深长地看了我一眼。

“您来高加索时间不长吧？”

“快一年了。”我答道。

他又微微一笑。

“怎么了？”

“没什么！这帮亚细亚人全是滑头！您以为他们吆喝牛是在帮忙吗？鬼知道他们在吆喝什么，只有公牛们明白。哪怕您套上二十头牛，只要他们这么一吆喝，牛就一步也不往前走……真是坏透了！可又有什么办法呢？……他们喜欢敲过路人的竹杠……已经被惯坏了！您等着瞧吧，他们还会问您要酒钱。我太了解他们这些人了，他们可骗不了我！”

“您在这儿服役很久了吧？”

“是啊，打从阿列克谢·彼得罗维奇那会儿我就在这儿服役了，”他不无显摆地说。“他来防线那会儿，我还是个少尉，”他补充道，“在他手下我因为讨伐山民有功连升了两级。”

“那现在您……？”

“现在我在第三边防营。敢问您在何处效力？……”

我告诉了他。

谈话就此结束，我们继续默默地并肩前行。在山顶我们看到了积雪。太阳落山，黑夜遽然而至，南方一贯如此。

但是，借着雪的反光，我们很容易辨认出山路，这条路还在向上延伸，尽管已经没那么陡了。我让那个奥塞梯人把我的箱子放到车上，用马换下公牛，最后一次回望下面的山谷——但从峡谷中喷涌而出的浓雾完全遮住了山谷，下面的任何声音都传不到我们的耳朵里了。奥塞梯人嚷嚷着围住我，问我要酒钱，但上尉几句厉声呵斥，吓得他们立即作鸟兽散。

“就这样一帮货色！”他说，“他们连‘面包’都不会用俄语说，却学会了‘长官，给点酒钱吧！’。照我说，鞑靼人都比他们好，至少鞑靼人不喝酒……”

离驿站还剩不到一俄里的距离。周围非常安静，静得甚至可以循着蚊子的嗡嗡声确定它们的飞行路线。左边是黑黢黢的大峡谷，峡谷另一边，在我们前方是深蓝色的山顶，层峦叠嶂，积雪覆盖，轮廓分明地映照在落日余晖下的苍茫天际。群星开始在夜空中闪耀，我感到奇怪的是，它们比在我们北方显得更加高远。道路两旁耸立着黑色的裸石，雪地上偶尔有地方露出几丛灌木，纹丝不动地立着。在这片万籁俱寂的大自然梦境中听到疲惫驿马的嗤鼻声和马车上俄罗斯铃铛忽高忽低的叮当声，竟是一件令人高兴的事情。

“明天会是个好天气！”我说道。

上尉没说话，而是用手指了指耸立在我们正对面的一座高山。

“这是什么？”我问。

“古德山。”

“那又怎样？”

“您看看，雾气有多大。”

还真是，古德山云雾缭绕。山两侧飘浮着一缕缕薄云，山顶上正聚集着一团浓重的乌云，在夜色笼罩的天际中仿佛一片墨迹。

我们已经能看见驿站以及它四周平房的屋顶，前方不远处闪烁着亲切的灯光。就在这时，吹来一阵潮湿阴冷的风，峡谷开始呼呼作响，下起了小雨。我刚穿好斗篷，天空中已经开始大雪纷飞。我满怀钦佩地看了上尉一眼……

“我们必须在这里过夜了，”他懊丧地说，“这样的大雪天是过不了山的。什么？十字架山上发生雪崩了吗？”他问车夫。

“没有，老爷。”奥塞梯车夫答道，“但雪积了很多，很多。”

驿站里没有供过路旅客住宿的房间，我们被领到一间烟气弥漫的平房里过夜。我邀请上尉一起喝杯茶，因为我带了铁茶炊——这是我高加索之行中唯一的乐趣。

平房的一侧贴着岩壁，三级湿滑的台阶通向房门。我摸索着进了门，居然碰到一头母牛身上（这里的人用畜栏代替了下房）。我不知道该往哪儿走：这边羊在叫，那边狗在吠。幸运的是，边上闪过一道微弱的光，帮我找到了另一个好像是门的窟窿。打开门眼前出现了一幅相当有趣的景象：一间宽大的平房，房顶用两根熏黑的柱子支撑着，里面全是人。屋子中央，就地生起的火堆发出噼啪的响声，向上冒起的烟被从屋顶窟窿灌入的风倒吹回来，弥漫在整个房间，以至于我很长时间无法看清屋内的情形。火堆边坐着两个老太婆、一大群孩子和一个瘦瘦的格鲁吉亚人。他们全都穿得破衣烂衫。没办法，我们也围坐在火堆边，抽起烟斗。不大工夫，茶炊就令人愉悦地响了起来。

“可怜的人们！”我指着那些脏兮兮的房东们，对上尉说道。他们正在一旁呆望着我们。

“而且还笨得要命！”他答道，“您相信吗，他们什么也不会，什么也学不会！我们的卡巴尔达人或者车臣人，尽管是强盗、叫花子，但他们有胆量，可是这些人压根儿不喜欢拿武器：你在他们任何人身上都看不到像样点儿的匕首。这就是奥塞梯人！”

“您在车臣很久了吗？”

“对，我带着一连人在那边的要塞驻扎了十年左右，就在卡缅内布罗德附近。您知道那地方吗？”

"我听说过。"

"唉，老兄，那里的亡命徒可让我们伤透了脑筋，谢天谢地，如今总算太平了一些。曾经有段时间，你只要走出要塞围墙一百步，就会有个长毛鬼坐在某个地方守候着你，你一不留神，转眼之间就有一根套索套住你的脖子，或者是一颗子弹射中你的后脑勺。这帮人太厉害了！……"

"您恐怕遭遇过不少险情吧？"我好奇地问道。

"怎么可能没有？多了去了……"

他开始捻着左边的小胡子，低头沉思起来。我特别想从他这儿听到某个小故事，凡是爱旅行和记事的人都有这种愿望。这时候茶煮好了，我从箱子里拿出两个旅行小杯子，斟满茶，将一杯放到他面前。他喝了一口，好像是自言自语："是啊，不少！"这一声感慨给了我很大的希望。我知道，老高加索人喜欢谈天说地，他们很少有机会与人畅谈：有的人会带着一个连在一处深山老林里驻扎五年，整整五年连个向他说"您好"的人都没有（因为属下们用军语向他问好）。而他们都是有故事的人：四周是充满好奇的蛮夷之族，每天都有危险，各种奇闻轶事不断，这时候你不禁感到惋惜，因为很少有人把它们写出来。

"不想再来点朗姆酒吗？"我问他道。"我有梯弗里斯的朗姆白酒，现在天冷。"

“不了，谢谢。我不喝酒。”

“为什么？”

“没什么，我发过誓。我当少尉的那会儿，有一次我们喝多了，夜里碰巧有警报，我们就这样醉醺醺地跑去集合。也该着我们倒霉，这事让阿列克谢·彼得罗维奇知道了。他勃然大怒，差点没把我们送上军事法庭。不过的确如此，你在这里住上一整年，一个人也见不着，再加上喝点烧酒，很容易堕落的！”

我听到这话，几乎要失望了。

“就拿契尔克斯人来说吧，”他继续道，“只要在红白喜事上喝多了，就会砍杀起来。有一次我好不容易才跑掉，当时还是在和我们关系不错的一个王爷家做客。”

“怎么会发生这种事？”

“是这样的，”他装满烟斗，深吸一口，开始讲起来，“您知道，我那时带了一个连驻扎在捷列克河边的要塞里，这都是五年前的事了。有一年秋天来了一辆运军粮的车：随车有一个军官，小伙子，二十五岁左右。他穿着全副军装来见我，说是奉命留在我的要塞。他长得白净瘦弱，穿着一身全新的军服，我一看就知道他来高加索不久。‘您大概，’我问他，‘是从俄罗斯调过来的吧？’‘是的，上尉先生’，他答道。我拉住他的手说：‘很高兴，很高兴。您在这儿会感到有些无聊……不过我们会好好相处的。请直接叫我马克西姆·马克西梅奇，不必穿戴那么整齐，以后见我只要戴上军帽就行了。’我们给他腾出一套房间，他便在要塞住了下来。”

“他叫什么名字？”我问马克西姆·马克西梅奇。

“他叫……格里高利·亚历山大罗维奇·毕巧林。我敢说，他是一个很不错的小伙子，只是有点怪。比方说，在下雨的冷天里打猎一整天，大家都又冻又累，他却一点事儿都没有；可是有时候呆在房间里，只要刮点风，他就说着凉了；护窗板一响，他就吓得浑身颤抖，面色苍白，可是却当着我的面独自去打野猪；有时候半天不说一句话，可是一旦张嘴，能把人笑得肚子疼……是啊，非常怪的一个人，应该很有钱：有很多值钱的玩意儿！”

“他和您呆的时间长吗？”我又问。

“大概有一年吧。可这一年让我记忆深刻。他给我惹了不少麻烦，但值得回忆的不是这些。的确有这样一些人，他们生来就注定要遭遇各种不平常的事情！”

“不平常的事情？”我一边给他倒茶，一边好奇地问道。

“我这就讲给您听。离我们要塞五六俄里的地方住着一个和我们友好的王爷。他有个宝贝儿子，十五六岁的样子，喜欢到我们这儿来玩：整天不是这事，就是那事。我和毕巧林简直把他宠坏了。这家伙简直太淘气了，而且身手矫捷：在疾驰的马上能俯身捡起地上的帽子，骑行中射击能百发百中，只有一点不好，那就是爱钱如命。有一次格里高利·亚历山大罗维奇和他开玩笑，说如果他能把父亲羊圈里最好的山羊偷来，他就给他三个金卢布。您猜怎么着？第二天夜里他真拽着羊角把羊拖了过来。有时候我们想捉弄他一下，他气得两眼发红，立刻就要伸手拔剑。‘嘿，阿扎马特，当心你的脑袋啊，’我对他说，‘你的脑瓜子会倒霉的’！

“有一次老王爷亲自来叫我们去参加婚礼：他的大女儿出嫁，我们是老朋友，您知道这很难推辞的，尽管他是鞑靼人。于是我们就去了。村子里一大群狗狂叫着欢迎我们的到来。女人们一见我们便躲了起来，我们来得及看清长相的几个女人都远不是美女。‘我原以为契尔克斯女人很漂亮呢。’格里高利·亚历山大罗维奇对我说道。‘还没到时候。’我笑着答道。这事我心里有数。

“王爷家里已经来了不少人。您知道，亚洲人的风俗是无论遇到什么人，都会请来参加婚礼。我们受到热情接待，被领到客厅就座。然而我还没忘留意他们把我们的马放到哪儿，您知道，为了以防不测。”

“他们是怎么办婚礼的？”我问上尉。

“没什么特别的。先是由毛拉念一段古兰经，然后大家给新人和他们的亲属赠送礼物，吃饭，喝酒，之后开始表演马术，并且总是一个破衣烂衫油乎乎的人骑着一匹瘸腿的老爷马，在那里装模作样，故作丑态，取悦大家。天黑以后，在客厅里开始了我们所谓的舞会。一个可怜的老头儿胡乱地弹着三弦琴……忘了他们怎么叫的……类似于我们的巴拉莱卡。姑娘们和小伙子站成面对面的两排，拍手唱歌。这时候一个姑娘和一个小伙儿走到两排的中央，开始相互即兴吟诵诗歌，其余的人则齐声应和。我和毕巧林坐在贵宾席上，这时王爷的小女儿走到毕巧林跟前，这姑娘约莫十五六岁，给他唱了一段……怎么说呢？类似赞美诗的东西。”

“她唱的什么内容，您还记得吗？”

“嗯，好像是这样的：‘都说我们的年轻骑手身材好，身上的长袍镶银边；而这位年轻的俄罗斯军官更匀称，他的衣服镶金边。他在人群当中似白杨，只是不该长在我们这地方。’毕巧林站了起来，向她鞠了一躬，将手放在额头和胸口，请我代他作答。我很熟悉当地方言，帮他翻译了答词。

“等她走开后，我悄声问格里高利·亚历山大罗维奇：‘这姑娘怎么样？’‘美极了！’他答道，‘她叫什么名字？’‘她叫贝拉。’我答道。

“的确，她长得很漂亮：身材高挑修长，一双山羚羊般的黑眼睛，仿佛能看穿你的内心。毕巧林出神地、目不转睛地盯着她看，她也时不时地偷偷打量着他。不过不止毕巧林一个人在欣赏美丽的公主：房间的角落里还有另外两只火辣辣的眼神一动不动地盯着她。我定睛一瞧，原来是老熟人卡兹比奇。他，您知道，既不能说和善，也不能说不和善。对他的质疑很多，尽管没有抓到他任何胡作非为的把柄。有时候他赶着羊到要塞，低价卖给我们。只是从不讲价：就是一口价，哪怕杀了他都不会松口。据说他喜欢和一帮强盗去库班以远的地方闲逛，老实说，他长着一副强盗的嘴脸：矮个儿，干瘦，宽肩膀……可是却十分机灵，机灵得像个小鬼！棉袄总是破破烂烂，打满补丁，可武器却镶金带银。他的马更是全卡巴尔达闻名，真的，你想象不出比它更好的马儿了。难怪所有的骑手都对他羡慕嫉妒恨，不止一次地企图偷走这匹马，但是都没能得逞。我现在还清晰地记得这匹马的模样：毛像油漆一般黑，腿比琴弦还直，眼睛不比贝拉的差，这马非常有劲儿，一口气跑五十俄里根本不在话下，驯服以后它会像狗一般忠于主人，甚至听得出他的声音！卡兹比奇从来不拴它，就是这么一匹强盗马！

“这天晚上卡兹比奇的脸色比平时更加阴沉。我发现他棉衣下面穿了锁甲。‘他不会平白无故地穿锁甲的，’我心想，‘肯定是在打什么鬼主意。’

“屋里变得闷热起来，我便到外面去透透气。群山笼罩着夜色，雾气在峡谷间弥漫。

“我突然想拐去看看拴着我们马的棚子，看看马儿们有没有饲料，再说小心点儿总归没有坏处：我的马儿也非常棒，已经不止一个卡巴尔达人表示过对它的喜爱，赞叹道：‘好马，真是匹好马！’

“我顺着栅栏悄悄走过去，忽然听到有说话声。我立即听出了一个声音：这是主人儿子——浪子阿扎马特的声音。另一个人话不多，而且声音轻。‘他们在这儿说什么呢？’我寻思着：‘不是在谈论我的马吧？’于是我在栅栏边上蹲下，开始屏息倾听，竭力不落下任何一句话。但有时候从屋里传出的歌声和说话声盖过了我偷听的谈话声。

“‘你的马棒极了！’阿扎马特说：‘我要是当家并且有三百匹马的话，我情愿拿出一半来换你这匹千里马，卡兹比奇！’

“‘哦，原来是卡兹比奇！’我心里思忖道，想起了他身上的锁甲。

“‘没错，’卡兹比奇沉默半晌后答道：‘全卡巴尔达你也找不到这样的马。有一次，在捷列克河对岸，我骑着它和一帮强盗们打劫俄罗斯人的马群。那天我们不走运，大家四散而逃。四个哥萨克在追我，我听见这几个异教徒在我身后叫嚣。前面是一片密林，我俯身在马鞍上，把自己交给真主，生平第一次用鞭子抽了马。它像鸟儿一般在树枝间飞跃，尖利的刺划破了我的衣服，榆树的枯枝抽打着我的脸颊。我的马儿越过树桩，用胸膛劈开灌木。我本该把它扔在树林边然后自己徒步藏进密林里，可是我舍不得抛下它，——而先知因此奖赏了我。几颗子弹从我的头顶呼啸而过，我已经听见急匆匆的哥萨克人循着踪迹追了过来……前面突然出现了一道深沟，我的千里马稍微犹豫了一下，还是纵身跳了过去。它的两只后蹄没能落到地面，只剩两只前蹄在那里撑着。我扔掉缰绳跳向沟底，这救了我的马一命。它跳上了对岸。几个哥萨克人看到了整个过程，但没人下到沟里找我，因为他们都觉得我摔死了。我听见他们全都跑去捉我的马了。我简直心如刀割。我沿着沟爬过茂密的草丛，一看：林子到尽头了，几个哥萨克人骑着马出了林子到达一片空地，这时我的黑眼睛正向他们飞奔过来。所有人大喊着扑向它，他们追捕了很久，有一两次套马索差点就套到马的脖颈上了。我心里一紧，垂下眼睛，开始祈祷。过了半晌我抬起头来，看见我的黑眼睛正在飞奔，甩着尾巴，像风一样自由。而那些异教徒们则骑着疲惫的马儿，在草原上一个跟着一个，被落得很远。真主啊！这是真的，千真万确！我在沟里一直呆到深夜。突然，你能想到吗，阿扎马特？我在黑暗中听到，一匹马在沿着沟岸奔跑，打着响鼻，嘶鸣着，用蹄子敲击着地面。我听出是我的黑眼睛，就是它，我的同伴！从此以后我们再也没有分开过。

“听得出来，他在用手抚摸着自己千里马光滑的脖颈，嘴里说着各种亲昵的称呼。

“‘如果我有一千匹马，’阿扎马特说，‘我愿意拿它们换你的黑眼睛。’

“‘不，我可不换。’卡兹比奇漠然答道。

“‘听我说，卡兹比奇，’阿扎马特讨好地对他说，‘你是一个好人，你是勇敢的骑士，可我的父亲害怕俄罗斯人，不放我进山。你把你的马借给我用用，我可以答应你的任何要求，我会为你偷我父亲最好的枪或者军刀，或者你想要的任何东西。他的那把刀是真正的古尔达[1]军刀：你只要把刀锋贴近手臂，它就自动切入肉中。像你穿的这种锁

〔1〕 古尔达：高加索冷兵器的品牌，最初来自西欧，后被高加索的工匠效仿。——译者注；以下若无特殊说明，均为译者注。

甲根本挡不住。

“卡兹比奇没说话。

“‘我第一次看见你的马时，’阿扎马特继续说道，‘它正在你的身下打转，鼓着鼻子蹦跳，蹄下火星飞溅。我的心里就有一种说不出的感觉。从那时起我对一切都失去了兴趣：我爹那些好马我一匹也看不上眼了，都不好意思骑着它们招摇过市。我仿佛害了相思病，整天坐在悬崖上，满脑子都是你这匹黑色的骏马，它漂亮的步态、像箭一般光滑平直的脊背，它忽闪着一双机灵的眼睛看着我，仿佛有话要说。卡兹比奇，如果你不把它卖给我，我就活不成了！’阿扎马特声音颤抖地说。

“我听到他哭了起来：我得告诉您，阿扎马特是个非常倔强的孩子，一般没有什么能让他掉泪的事情，甚至他小时候也是这样。

“但回答他眼泪的，似乎是一阵笑声。

“‘你听我说！’阿扎马特决绝地说，‘我什么事都愿意干。你想不想我把我姐姐偷来给你？她舞跳得多漂亮！歌唱得多棒！金丝线刺绣简直一绝！土耳其的国王都娶不到这样的老婆……你干不干？明天晚上你在小溪流过的峡谷那儿等我，我陪她去邻村要经过那里。到时候她就是你的了。难道贝拉还比不上你的宝马？’

卡兹比奇沉默了许久，最后他低声唱起一首古老的歌谣，算是回答。[1]

我们村里美女很多，
她们的眼睛如繁星闪烁。
甜蜜地爱上她们让人嫉妒，
但自由的好男儿才更加快活。
金子可以买来四个老婆，
一匹烈马却是万金无多：
它在草原上快过旋风，
不会变心，也不会骗我。

“阿扎马特一直向他哀求，哭闹，又是讨好，又是赌咒，但都没用。最后卡兹比奇不耐烦地打断了他：

“‘滚开，你这傻小子！你哪有本事骑我的马？走不了三步它就会把你摔下来，让你的后脑勺在石头上撞开花。’

“‘把我摔下来！’阿扎马特疯狂地喊道。接着就听见这孩子的匕首刺到锁甲的声音。一只有力的大手把他猛地

〔1〕请读者原谅，我把卡兹比奇的歌词改成了诗，我听到的自然是散文，但习惯是第二天性。——作者注。

一推，他撞到栅栏上，栅栏摇晃起来。‘要有好戏看了！’我心里想，连忙跑到马厩，套上我们的马，牵到后院。两分钟后屋子里乱成一团。原来，阿扎马特穿着被撕破的棉衣跑进屋里，说卡兹比奇想杀他。大家一听立即跑去操家伙，这下就热闹了！喊声、吵闹声、枪声，只不过卡兹比奇已经骑上马奔到街上，像恶魔一般挥舞着马刀，在人群中左冲右突。

“‘犯不着为别人的事吃亏，’我抓住格里高利·亚历山德罗维奇的胳膊，对他说，‘我们还是及早脱身吧？’

“‘不，等一下，看看怎么收场？’

“‘肯定不会有好结果的，这下亚细亚人总是这样：酒一喝多，就开始打打杀杀！’我们骑上马就回家了。

“‘那卡兹比奇怎么样了？’我焦急地问上尉。

“‘这号人还能怎么样！’他答道，喝完杯子里的茶：‘溜掉了呗！’

“‘他没受伤吗？’我问道。

“‘那只有天知道了。这帮强盗命可大了！我就亲眼看到过另一些人，比如说：一个人被刺刀捅成了筛子，却还在挥舞着马刀。’上尉沉默了一会儿，用脚跺了下地，接着说：‘有一件事我永远不会原谅自己：真是让鬼迷了心窍，我回到要塞，把躲在栅栏后面听到的都告诉了格里高

利·亚历山大罗维奇。他笑了笑，这个滑头！心里却在打着什么主意。’

“‘怎么回事？给我说说呗。’

“‘那必须的，善始善终嘛。’

“大约过了四五天，阿扎马特来要塞了。像往常一样他先来找格里高利·亚历山大罗维奇，因为他那儿总有好吃的招待他。我也在场。大家聊起了马，毕巧林开始大肆夸赞卡兹比奇的马：真是匹快马，像岩羚羊一样漂亮，简直了，按他的话说，全世界都找不出第二匹。

“这话让鞑靼小伙子两眼放光，可毕巧林装作没看见。我岔开话题，可他马上又把话题引到卡兹比奇的马上来。每次阿扎马特来，这种情况都会重复一遍。三个星期后，我发现阿扎马特变得消瘦憔悴，仿佛害了相思病。真是咄咄怪事……

“您知道吗，我只是后来才知道其中的原委：格里高利·亚历山大罗维奇把阿扎马特撩拨得难以自拔，然后跟他说：

“阿扎马特，我看得出你非常喜欢这匹马，但是你却得不到它，就像你看不见自己的后脑勺！你说吧，如果有人帮你搞到它，你会给那人什么？

“‘他想要什么我都给。’阿扎马特答道。

“‘既然这样，我帮你搞到这匹马，只不过我有一个条件……你发誓，你会照办……’

“‘我发誓……你也发誓！’

“‘好！我发誓你会成为这匹马的主人，只是你要把你的姐姐贝拉送给我：黑眼睛将作为她的彩礼。我希望这个交易对你有利。’

“阿扎马特没吱声。

“‘不愿意？那随你便！我认为你不是男人，还只是一个小孩：你还不到骑马的岁数……’

“阿扎马特急了。

“‘那我爹怎么办？’他说。

“‘难道他从来不出门？’

“‘对啊……’

“‘同意了？……’

“‘同意，’阿扎马特小声说道，脸色煞白。‘那什么时候？’

“‘等卡兹比奇下次来的时候，他答应赶十只羊过来。剩下的就交给我了。你就等着吧，阿扎马特！’

“他们就这么谈妥了这笔交易……说老实话，这可不是什么体面的交易！我事后也跟毕巧林这么说了，但他却说，这个契尔克斯的野丫头能够摊上他这样一个好丈夫是她的福分，因为在他们看来，他好歹配得上做她的丈夫，而卡兹比奇却是一个十恶不赦的强盗。你们说，我还能说什么？再说当时我一点儿也不知道他们搞的什么鬼。有一次卡兹比奇过来，问我们需不需要羊和蜂蜜，我让他第二天送过来。

“‘阿扎马特！’格里高利·亚历山大罗维奇说，‘明天黑眼睛就是我的了，如果今晚你不把贝拉送过来，那就别想见到马……’

“‘好！’阿扎马特说罢就骑马回村了。

“晚上格里高利·亚历山大罗维奇全副武装地骑马出了要塞：他们怎么办成了这件事，我不知道。只知道他们夜里一起回来的，哨兵看见阿扎马特坐骑的鞍前横躺着一个女人，手脚被捆住，头上缠着面纱。

“‘那马呢？’我问上尉。

“‘这就说，这就说。第二天一大早，卡兹比奇骑马赶了十只公羊来卖。他把马拴在栅栏上，走来找我。我请他喝茶，因为虽说他是个强盗，但毕竟是我的朋友。

“我们开始闲聊起来……突然我看见卡兹比奇浑身一抖，脸色变了——跑到窗前，但是不巧的是，窗户是朝后院开的。

“‘发生什么事了？’我问。

“‘我的马！……马！’他浑身哆嗦着说道。

“没错，我听见了马蹄声：‘这肯定是哪个哥萨克来了……’

“‘不对！俄罗斯人太坏了，太坏了！他号叫着像雪豹一般飞奔出去。两步跳到院子里，在要塞大门处哨兵用步枪拦住他的去路，他跳过步枪，沿着大路撒腿狂奔……远处尘土飞扬——阿扎马特正骑着烈马黑眼睛疾驰而去。卡兹比奇奔跑中从枪套中掏出枪打了一枪，大约有一分钟的时间他停在原地，直到确认没有打中。接着他尖叫一声，把枪在石头了砸了个粉碎，然后扑倒在地，像一个小孩子般失声痛哭……要塞的人都围了过来——他谁也不睬。大家站了一会儿，议论了一番，就都回去了。我叫人把买羊的钱放到他身边，他也没动，像个死人一样脸朝下趴着。您相信吗，他就这样趴到深夜，趴了整整一夜……直到第二天早上才来到要塞，询问盗马人是谁。那位看见阿扎马特解开马缰绳并骑走马的哨兵如实相告。卡兹比奇听到是阿扎马特时眼睛一亮，直接去了他所在的村子。

“‘他父亲怎么说？’

“‘问题就在这儿，卡兹比奇没找到他：他出门去了别处，要六天后才回来，否则阿扎马特怎么能弄走他姐姐呢？’

“等他父亲回来的时候，女儿、儿子都不见了。阿扎马特这个滑头明白：要是被人抓住，他肯定保不住脑袋。所以从那时候起就隐身匿迹了：多半是加入了某个匪帮，然后命丧捷列克河对岸或者库班某地，命该如此！……

“说实话，这件事也给我惹了不少麻烦。我一听说这个切尔克斯姑娘在格里高利·亚历山大罗维奇那里，便戴上肩章佩好剑去找他。

“他躺在外屋的床上，一只手托着后脑勺，另一只手拿着一个熄灭的烟管。里屋的门上了锁，锁上没有钥匙。这些我一进门就发现了……我咳嗽了一声，并用鞋跟敲击门槛，但他假装没听见。

“‘准尉先生！’我尽量严厉地对他说。‘难道您没看见，我来找您吗？’

“‘哦，您好，马克西姆·马克西梅奇！不想来管烟抽？’他答道，并没有起身迎接。

“‘对不起！我不是马克西姆·马克西梅奇，我是上尉。’

“‘一回事。您不想喝口茶？您不知道，我现在有多心烦！’

“‘我什么都知道。’我答道，走到床前。

“‘那再好不过：我没心情解释经过。’

“‘准尉先生，您做了错事，连我都要为您担责……’

“‘得了吧！这有什么大不了的？我们不是早就同甘共苦了吗。’

“‘别开玩笑了！把你的佩剑交出来！’

“‘米基卡，拿我的剑来！’

“米基卡拿来了剑。我行使完职责后便在他床边坐下，说：‘你听我说，格里高利·亚历山大罗维奇，你该承认这很不好。’

“‘有什么不好的？’

“‘就是你把贝拉弄来这事……阿扎马特这个畜生啊……你承认吧，’我对他说。

“‘可要是我喜欢她呢？……’

“嘿，这让我怎么回答他？我竟无言以对。不过我沉默半晌后对他说，如果她父亲来要人，那么必须交人。

“‘完全不必！’

“‘他要是知道她在这里呢？’

“‘他怎么会知道？’

“我又一次无言以对。

“‘听我说，马克西姆·马克西梅奇！’毕巧林略微欠起身说道，‘您是个好人，如果我们把她女儿交还给这个野蛮人，他会杀了她，或者是把她卖掉。事情已经做了，就别只想着泼凉水。把她留在我这儿，把我的剑留在您

那儿……'

"'那您让我看看她,'我说。

"'她在这间锁着门的屋里。我今天想见她都没见着:她坐在墙角,用床单裹住身子,不说话也不看人,活像一只怯生生的野羚羊。我雇了我们小酒馆的老板娘,她懂鞑靼话,让她去照顾她并灌输给她这样一种思想:她是我的人,因为她除了我,不属于任何人。'他用拳头砸了一下桌子,又说了上面几句话。我也同意他的这个想法……有什么办法呢?世界上就有这么一类人,他们的话你必须同意才行。

"'结果呢?'我问马克西姆·马克西梅奇,'他真的让她顺服了,还是她在不自由和思乡情中凋敝枯萎了?'

"怎么可能,哪儿来的思乡情?从要塞就能看到那些山村所在的山,这些蛮子们除了这些山什么也不需要。再说格里高利·亚历山大罗维奇每天都给她送东西:最初几天她不说话,但很高傲地拒绝了礼物。这些礼物落到了酒馆老板娘的手里,并促使她用尽各种花言巧语去劝说贝拉。唉,礼物!女人为了一块不值钱的花布片什么都做得出来!……算了,先不说这个……格里高利·亚历山大罗维奇在她身上没少花心思,而且还学了鞑靼话,贝拉也慢慢能听懂我们的话了。她终于敢正眼看他了,开始是偷偷地斜眼打量，但仍然满脸愁容，轻轻哼着家乡的小曲儿。所以有时候当我听见她在隔壁唱歌的时候，心里也不是滋味儿。我永远都记得一个场景：有一次我经过她的屋子，往窗口瞥了一眼，看见贝拉坐在炕上，头垂在胸前，格里高利·亚历山大罗维奇站在她面前。

"'听我说，我的小天使，'他说道，'你知道早晚你都会是我的人，为什么要这么折磨我？难道你喜欢上哪个车臣人了？如果是这样，我现在就放你回家。'她身体微微一震，摇了摇头。'或者是，'他接着说：'你恨死我了？'她叹了口气。'或者是你的信仰不允许你爱我？'她脸色发白，没有说话。'请相信我，对所有的民族来说，真主只有一个，既然他允许我爱上你，为什么要禁止你回报我的爱呢？'她呆呆地盯着他的脸，仿佛被这句话所打动，眼中流露出将信将疑的神色。这双眼睛真漂亮，就像两块黑煤似的闪闪发亮。

"'听我说，亲爱的好贝拉！'毕巧林接着说道，'你看得出我是多么爱你，我愿意付出一切，只为让你开心，我希望你幸福，如果你再这样不高兴下去，那我就死在你面前。告诉我，你会开心起来吗？'

"她沉思起来，乌溜溜的大眼睛始终盯着他，然后可爱地一笑，点点头表示同意。他握住她的手，要她亲亲他，她无力地抗拒着，只是不停地说：‘请别这样，别这样。’他死乞白赖地要她亲，她哆嗦了一下，哭了起来。

“‘我是你的俘虏，’她说：‘你的奴隶，你当然可以强迫我，’说完又开始抹泪。

“格里高利·亚历山大罗维奇用拳头捶了一下自己的额头，跑去另一个屋子了。我走到他的屋子，他正抄着手一脸愁容地来回踱着步。

“‘怎么了，兄弟？’我说道。

“‘她简直是魔鬼，不是女人！’他答道。‘但我向你发誓，她一定会成为我的女人……’

“我摇摇头。

“‘想打赌吗？’他说，‘一周后见分晓！’

“‘一言为定！’

“我们击掌为约，然后就分开了。

“第二天他立即派了专差去基兹利亚尔采购各种货品，买回了各种波斯料子，多得不计其数。

“‘马克西姆·马克西梅奇，您怎么看？’他指着礼物问我：‘这个亚细亚美女能挡得住这些糖衣炮弹的攻击吗？’

“‘您不了解切尔克斯女人，’我答道，‘她们和格鲁吉亚女人或者外高加索的鞑靼女人可不一样，完全不一样。

她们有自己的原则，她们的教养不一样。’格里高利·亚历山大罗维奇笑了笑，吹起了进行曲的口哨。

“结果证明我是对的：礼物只起了一半的作用，她变得更加亲和、更加信任人了，但也仅限于此。因此毕巧林决定使出最后一招。一天早晨他吩咐人备好马，穿上切尔克斯人的服装，全副武装，然后走进贝拉的屋里。‘贝拉！’他说，‘你知道我有多爱你。当初我决定把你弄出来，满以为你了解了我就会爱上我，但我错了。那就告别吧！我拥有的一切都归你全权支配，如果愿意，你可以回到父亲身边，你自由了。我对不起你，应该为此惩罚自己。别了，我要走了，至于上哪儿，我自己也不知道！也许，我会去枪林弹雨中搏杀一番。到时候希望你会想起我并宽恕我。’他转过身，向她伸出手告别。她没有抓住他的手，只是沉默不言。我站在门外，通过门缝可以看清她的脸。我有些心疼——她那张可爱的笑脸瞬间变得煞白！毕巧林没有听到贝拉的回答，于是往门口走了几步，他浑身哆嗦。老实说，我认为他真的会按照他开玩笑的话去做的。他就是那样一个人，天晓得他！他刚一碰到门，她就跳起来，大哭着扑向他，搂住他的脖子。您信吗？我站在门外也哭了，就是说，您知道吗，也不是哭，而是——我有点犯傻了！……

"上尉沉默了。

"'对，我承认，'他随后捋了捋小胡子说，'我当时有点伤心，因为从来没有一个女人那么爱过我。'"

"他们的幸福持久吗？"我问道。

"是的，她对我们坦白了，从见到毕巧林的那天起，她就时常梦见他，而且从来没有男人让她如此地印象深刻。是的，他们是幸福的！"

"这多没劲啊！"我不禁叹道。我实际上挺期待一个悲剧性的结局，所以这个突然的幸福结尾让我颇感意外。"难道，"我继续道，"她父亲没有猜到她人在你们要塞？"

"事实上他似乎有过怀疑。过了几天我们得知，老头被人杀了。事情的经过是这样的……"

我又来了兴致。

"需要先说明的是，卡兹比奇以为阿扎马特是得到父亲的同意后才偷他的马的，至少，我是这么认为的。所以有一天，他跑到离村子三俄里远的地方蹲守老头儿。老人出去找女儿，无功而返。他的随从落在后面，当时天已经黑了下来，他骑在马上，想着心事。突然卡兹比奇像一只猫似的从树丛中蹿了出来，从他身后跳上马，用短剑将他劈下马去，抓起缰绳便一溜烟儿跑了。几个随从在小山坡上看到这一情景立即策马追赶，但是没追上。"

“他总算为丢马一事出了口气，报仇了。”我这么说是为了引出对方的看法。

“当然，照他们看来，他做的完全正确。”上尉说。

我不由得惊讶于俄罗斯人随遇而安的能力，我不知道，这种能力是好是坏，但它证明了俄罗斯人不可思议的屈伸度和一种合乎情理的想法，即在罪恶无可避免或无法消除时选择原谅和宽恕。

这时茶已经喝完，早已套好的马儿在雪地上冷得打战。月亮在西方闪着惨淡的光，即将没入远山上方破烂幕布条似的乌云之中。我们走出平房。与我旅伴的预测相反，天气转晴，预示着将会是一个宁静的早晨。群星在远方的天际编织出美丽的图案，但是随着东方的熹微晨光向藏青色夜空的不断漫溢，星星们渐次黯淡了光芒，而那些终年积雪的山峰则益发明亮起来。山峰的左右两边都是深不可测的沟壑，团团浓雾如蛇一般，沿着峭壁之间的缝隙滑向深渊，仿佛因感受到白昼的临近而仓皇逃窜。

天上地下一片宁静，就像一个人做早祷时的心境。偶尔从东面刮来一阵凉风，吹起结了霜的马鬃。我们动身上路，五匹瘦弱的驽马吃力地拉着我们的货车，沿着蜿蜒的道路翻越古德山。我们徒步跟在后面，每当马儿们筋疲力尽的时候，我们便把石头垫在车轮下面。道路仿佛通到天上，因为目力所及之处，道路始终在向上延伸，一直消失在古德山顶的云端之中。这片云昨天起就盘旋在古德山顶，仿佛一只蹲守猎物的苍鹰。雪在脚下咯吱作响，空气变得稀薄，呼吸十分困难。血不停地涌入脑袋，但同时却有一种愉悦的感觉传遍全身，我有些得意，能够站在世界的巅峰：不消说，这种感觉有些孩子气，但是当我们远离尘世喧嚣贴近自然的时候，会不由自主地变成孩子：所有后天获得的东西都从心灵上脱落，心灵恢复到它原初的或者是最终将达到的状态。谁要是像我一样，有机会在这些人烟稀少的山岭中行走，长时间地领略美丽的山景，贪婪地呼吸山间流淌的清新空气，那么他自然会明白我想表达和描绘这些瑰丽景色的愿望。终于，我们爬上了古德山的山顶，停下来四处观望：山顶飘浮着灰色的云，它散发的丝丝凉气预示着暴雨即将来临。可是东方却是一片金色灿烂的晴空，以至于我们，也就是我和上尉完全忘记了阴云的存在……没错，包括上尉：淳朴的心灵对自然之美的感受要比我们这些激动的讲述者强烈并鲜活一百倍。

“我想，您已经对这些美景司空见惯了吧？”我对他说道。

“是的，而且对子弹的呼啸声也会习惯的，就是说习惯于藏起情不自禁的心悸。”

“可是我听说，有些老兵甚至觉得子弹的声音很悦耳呢。”

“当然，如果您愿意，子弹声也会变得悦耳。不过还是因为，心脏的跳动更强劲。您请看，”他指着东方，补充道：“多么神奇的地方！”

的确，这样的美景我未必会在别处再见到了：我们脚下是被两条银线般的河流——阿拉格瓦河与另一条小河——横穿而过的科依沙乌尔山谷。淡蓝色的雾沿着山谷滑行，躲避着早晨温暖的光线逃向邻近的峡谷，左右两边是一座高过一座的山脊，覆盖着积雪和灌木，交错着伸向远方。远处还是那些山，但没有两座完全相似的峭壁，——山脊上的雪全都闪耀着粉色的光，如此欢快，如此明亮，让人真想在这里一直待下去。太阳从深蓝色的山后面微微露出一个头，这山色只有有经验的人才能将其与乌云区别开来。但是在太阳上面有一道血色的朝霞，这引起了我同伴的注意。“我跟您说过，”他大声道，“将会有暴雨，得赶紧了，要不我们会在十字架山遭遇它。赶紧上路！”他对车夫们说。

车夫们把铁链拴在车轮下作为刹车器，防止车辆快速滚下山去。然后牵着马辔头，开始下行。右边是千仞绝壁，左边是万丈深谷，谷底有一个奥塞梯人的村庄，从上面看下去就像一个燕子窝。在这条两辆马车都不能错行的路上，一个驿车夫每年总得有十来次驾着颠簸的马车深夜经过此地。想到这儿，我不禁打了个寒战。我们的车夫里有一个是雅罗斯拉夫的俄罗斯农民，另一个是奥塞梯人。奥塞梯人预先解开了拉前套的两匹马，抓着辕马的辔头，小心翼翼地走着，——而我们那满不在乎的俄罗斯老乡甚至都没下驭座！我对他说，他至少应该关心一下我的皮箱，我可不想下到深谷去找它。他却回答说："咳，老爷！上帝会保佑我们，他们能走到，我们也能走到，咱又不是头一次走这条路。"他说得对：我们看起来似乎走不到目的地，结果还是走到了。如果大家都能认真地思考一下，那么就会确信，对生命其实无须过分操心……

不过，你们也许想知道贝拉故事的结局吧？首先，我写的不是小说，而是旅行札记，所以在上尉没有主动讲出来之前，我不便勉强他讲。所以请你们稍安勿躁。或者，你们愿意的话，也可以跳过几页去看结局。不过我劝你们还是不要这么做，因为翻越十字架山（或者像有学问的刚巴[1]

---

〔1〕 刚巴（1763–1833），法国旅行家，曾任法国驻梯弗里斯领事，著有《南俄旅行记》（1826）。他在这本书中把十字架山误称作"圣克里斯托夫山"。莱蒙托夫称他为"有学问的"，有讥讽之意。

那样，称它为圣克里斯托弗山）会让你们感兴趣的。就这样，我们下了古德山，进入切尔托夫谷……瞧，这个地名多么罗曼蒂克！你们仿佛已经看见了高耸的峭壁之间的魔窟了吧，——其实不是那么回事儿：切尔托夫谷这个地名来源于“切尔塔”（边界）一词，而不是“乔尔特”（魔鬼）。因为这里曾经是格鲁吉亚的边界。这块谷地到处是雪堆，很容易让人想起萨拉托夫、唐波夫等我们祖国可爱的地方。

“瞧，这就是十字架山！”当我们驶入切尔托夫谷的时候，上尉指着一座积雪覆盖的小山说。山顶立着一个黑魆魆的石头十字架，一条隐约可见的路从它旁边经过。但一般只有在山边的道路被雪封住的时候才走这条道。车夫们说，目前还没有发生雪崩，为了保护马匹，他们打算走山边的路绕过去。在转弯处我们遇到五六个奥塞梯人，他们主动上来帮忙，把住车轮，喊着号子拖拽着马车前行，并护住马车。的确，路很险：右边在我们头顶上悬着一个大雪堆，只要稍微有风吹草动，就会崩落到峡谷里。狭窄的道路一部分被雪覆盖，有的地方被脚踩平，有的地方由于日照和夜间严寒的作用变成了冰，因此走在上面很吃力，马儿则不停打滑；左边有一道很深的裂缝，下面奔流着溪水。它时而消失在冰层下面，时而在黑色的石块间跳跃激荡，溅起层层白沫。我们花了两个小时才绕过十字架山，也就是说，两个钟头才走了两俄里！这时候乌云低沉，开始下起了雹子，飘起了雪花。风灌进峡谷，怒号着，呼啸着，仿佛传说中的夜莺大盗。一转眼，石头十字架消失在雾中，雾气越来越浓，越来越密，源源不断地从东方滚滚袭来。顺便提一下，关于这个十字架有个奇怪但却十分流行的传说，似乎是彼得大帝路过高加索时竖立的。但是首先，彼得大帝只到过达吉斯坦；其次，十字架上明明用大字写着，是根据叶尔莫洛夫将军的命令于1824年建立的。但是尽管有铭文，传说依然根深蒂固，所以你根本不知道该相信哪个。何况我们一般不太相信铭文。

要到达下一个叫科比的驿站，我们还得沿着结冰的山岩和泥泞的雪路下行五俄里。马儿们疲惫不堪，我们冻得直打哆嗦，暴风雪越发猛烈，跟我们北方故乡的风雪一样，只是它那粗野的呼啸声更加悲凉哀怨。我心里想："你，这个被放逐的家伙，也在为自己自由而辽阔的草原而哭泣吧！那儿你可以尽情舒展自己寒冷的翅膀，在这里你感到憋屈，就像一只关在笼中的雄鹰，哀号着扑打铁栅栏。"

"糟了！"上尉说，"您瞧，周围除了雾和雪，什么都看不见；稍不留神，我们就会滚下深沟或者跌进窟窿里去。下面的巴依达拉河恐怕也风急浪大，过不去了。这就是亚细亚啊，不管是人，还是河，全都靠不住！"

车夫们大声呵斥并鞭打着马儿们，但是不管鞭子如何清脆响亮，马儿们打着响鼻，用脚抵住地面，死活不肯往前挪动一步。

“老爷，”终于有个车夫说话了，“我们今天是到不了科比驿站了。如果可以，我们不如趁早拐到左边去。您看那边山坡上黑乎乎的一团，估计是石头房子：天气恶劣的时候人们一般都在那里歇脚。他们说，如果您给点酒钱，他们就领我们过去。”他指着奥塞梯人，补充道。

“我知道，老弟，你不说我也知道！”上尉说，“这帮滑头，就会趁机敲竹杠捞酒钱。”

“不过您得承认，”我说，“要是没有他们，我们会更糟。”

“他们总这么干，他们总这么干，”他嘟囔着说，“这些可恨的向导！他们最留意哪儿可以捞一把，好像没有他们，人家就找不到路了。”

于是我们就向左边拐了过去，费了好大周折才走到那个简陋的歇脚地。这是两间石头屋，用石板和鹅卵石垒成，围着同样的石头墙。衣衫褴褛的主人热情接待了我们。我后来得知，是政府养活他们，让他们接待那些被暴风雨袭击的旅客。

“这会儿总算好了！”我蹲坐在火堆边说，“现在您给我把贝拉的故事讲完吧，我相信故事还没结束。”

“您为什么这么说？”上尉狡黠地向我挤挤眼，笑道。

“因为，这不合常理：开头不同寻常，结尾也应当如此。”

“还真让您给猜着了……”

“那我太高兴了。”

“您倒是高兴，可我一回想起来，着实难受啊。这贝拉多好的一个姑娘啊！我后来和她混熟了，就像跟女儿一样，她也很喜欢我。我得跟您说，我没有家，我的父母音信全无，差不多有十二年了。早前也没想到要娶个老婆，而如今，您也知道，不太合适了。因此有个人让我疼爱，我也挺开心。她经常给我们唱歌听，或者跳列兹金卡舞给我们看……跳得好极了！我见过外面省城的小姐们跳，有一次还在莫斯科参加过贵族俱乐部，大概二十多年前。可是她们跳得什么呀，太不像样了！格里高利·亚历山大罗维奇把她打扮得像个布娃娃，对她百般照顾，她在我们这儿长得更漂亮了，真是不可思议。脸上和胳膊上晒黑的皮肤变白了，脸颊上泛起了红晕……她总是那么快活，这鬼丫头，总是拿我开玩笑……老天爷饶恕她吧！……”

“您把她父亲的死讯告诉她的时候，她什么反应？”

“我们瞒了她很久，直到她习惯了自己的状况。告诉她以后，她哭了两天，过后也就忘了。

“大约有四个月的时间，一切都非常美满。格里高利·亚历山大罗维奇，我好像说过，有一阵狂热地爱上了打猎，经常到树林子里去打野猪或山羊。可如今，连要塞的围墙外面都不去了。但没过多久，我发现他开始若有所思了，背着手在房间里来回踱步。后来有一次，谁都没告诉，就独自跑出去打猎了。整个上午都不见踪影，然后又有一次，后来便隔三岔五地出去打猎……事情不妙，我心想，他们之间肯定是出了什么事！

“一天早上我去他们那儿——当时的情景还历历在目：贝拉穿一件黑绸外衣坐在床上，脸色苍白，愁容满面，让我吃了一惊。

“‘毕巧林呢？’我问。

“‘打猎去了。’

“‘今天走的？’她不作声了，好像有口难言。

“‘不是，昨天走的，’她长叹一声，终于开口。

“‘该不会出什么事吧’

“‘我昨天一天都在胡思乱想，’她流着泪答道，‘想到了各种不测：一会儿是被野猪咬伤，一会儿又是被车臣人捉到山里……可现在我已经觉得，是他不爱我了。’

“‘听我说，亲爱的，你可不能再这样胡思乱想了！’

她哭了起来，随后骄傲地抬起头，擦去眼泪继续说：

"'要是他不爱我，为什么不把我送回家？我不勉强他。如果再这样持续下去，我自己走好了：我又不是他的奴隶，我可是王爷的女儿！……'

"我开始劝她。'听我说，贝拉。总不能让他一直呆在你身边，像缝在你裙子上似的。他是个年轻人，喜欢打打野味，出去一下又会回来的，如果你因此闷闷不乐，他很快也会讨厌你的。'

"'对的，对的！'她答道，'我会快乐的。'于是她哈哈大笑，拿起自己的手鼓，开始围着我又唱又跳。只不过这没持续多久，她又倒在床上，双手捂着脸。

"这叫我该怎么办？您知道，我从来没和女人打过交道。我想了半天，该怎么安慰她，可什么也没想出来。我们俩就这么沉默了一段时间……那场面太让人难过了！

"最后我对她说：'要不，我们去围墙那边走走？天气非常好！'当时是九月份，的确，那天天气很好，晴朗又凉快。远处的群山看得一清二楚。我们走出房子，沿着要塞的围墙默默地走来走去，后来她在草地上坐下，我坐在她身边。嗯，想起来还真可笑，我跟在她后面跑来跑去，活像个保姆。

"我们的要塞位于高处，从围墙上望出去景色美极了：

一面是辽阔的原野，中间有几道深沟。原野尽头是一片林子，一直延伸到山脊。原野上有几个炊烟袅袅的村落和一些马群。另一面是一条湍急的小河，一片稠密的灌木林，覆盖着连接高加索主脉的岩石高地，一直延伸到河边。我们坐在五角堡垒的一角，两边的景色都尽收眼底。突然我看见，有个人骑着一匹灰马从林子里面跑出来，越来越近，最后停在了小河的对岸，离我们大概一百俄丈开外。他开始发疯一般地赶着胯下的马团团转。真是咄咄怪事！……'贝拉，你看一下，'我说道，'你年轻眼睛好，看看这骑马的人是谁，他来要把戏给谁看啊？……'

"她定睛一看，叫起来：'是卡兹比奇！……'

"'嗬，是这个强盗！来嘲笑我们的吗？'我仔细观望，果然是卡兹比奇。他那张黝黑的丑脸，一身又脏又破的衣服，和从前一模一样。

"'这是我父亲的马，'贝拉抓着我的手说，她浑身颤抖，像片树叶，眼睛闪闪发光。'好哇！'我心想，'宝贝，你身上也有强盗的血统啊！'

"'你过来，'我对哨兵说，'把枪瞄准他，给我干掉这个强盗，我赏你一个银卢布。'

"'是，大人。不过他不肯停住……'

"'那就命令他停下来！'我笑道……

"'喂，朋友！'哨兵叫道，向他挥手，'停一下，干吗像个陀螺似的转个不停？'

"卡兹比奇果然停了下来，侧耳细听。他大概以为我们要跟他谈判。想得倒美！……我的哨兵已经瞄准了……啪！打偏了，只见火药在药池里亮了一下。卡兹比奇一夹马，马跳到了一边。他站在马镫上，用土话嚷了句什么，用鞭子威胁我们一下，便一溜烟跑了。

"'你可真丢人！'我对哨兵说。

"'大人！他去送命了，'他答道，'这种可恶的家伙，你一下子很难打死他。'

"一刻钟之后，毕巧林打猎回来了。贝拉扑上去搂住他的脖子，对于他出去这么久，竟然没有一句怨言和责备……连我都生他的气了。'得了，'我说，'刚才卡兹比奇在河对岸，我们朝他开了枪。嗯，用不了多久您就会和他遭遇的。这些山民报复心很强。您以为他猜不到是您帮了阿扎马特的忙吗？我敢打赌，他今天肯定认出贝拉了。我知道一年以前他曾狂热地喜欢过她。他亲口跟我说过，要是能够凑足一份像样的聘礼，他一定去提亲……'

"毕巧林沉思了半晌，说：'没错，应该小心为上……贝拉，从今天起你就别再到围墙这儿来了。'

"晚上我和他做了一次长谈：因为我很气恼，他对这个可怜的姑娘变了心。而且他半天时间用来打猎，对她很冷淡，难得跟她亲热。她明显瘦了下来，小脸变长了，一双大眼睛也失去了光彩。有时候你问她：‘你为什么叹气啊，贝拉？你难过了？’——‘不！’——‘你需要什么吗？’——‘不！’——‘你想家人了？’——‘我没有家人！’经常是一整天除了‘是’和‘不’什么也问不出来。

“我跟他谈的就是这件事。他的回答是：‘您听我说，马克西姆·马克西梅奇，我的性格很糟糕，我不知道这是教育使然还是造物弄人，我只知道，如果我给别人带来不幸，那我自己的不幸丝毫不亚于那人。当然，这并不能给别人什么安慰，但问题在于这是事实。在我年少的时候，从离开父母监护的那一刻起，我就开始纵情享受一切可以用钱买到的快乐，自然，这些享受让我感到厌倦。后来我进入上流社会，但很快这个圈子也让我感到厌烦了。我爱上流社会的美女们，也被她们所爱，但她们的爱情只不过诱发了我的想象力和虚荣心，我的心仍旧空虚……我开始读书、学习，但很快便厌倦了学问。我发现，不管是荣誉还是幸福，都和学问没有半点关系，因为最幸福的人都是不学无术之辈。而荣誉不过是运气，要得到它只需为人精明圆滑就行。于是我又觉得无聊了……不久我被调到高加索，这是我一生最幸福的时光。我原本希望在车臣人的子弹下不会再感到无聊，但事与愿违，一个月之后我就对子弹的嗖嗖声和死亡的临近完全习惯了，说实话，倒是蚊子的嗡嗡声更能引起我的注意。我比以前更无聊了，因为我几乎失去了最后一丝希望。当我在自己屋里看见贝拉，当我第一次把她抱在膝上吻着她那乌黑的鬈发时，我这个傻瓜，还以为这是上天可怜我，给我送来的天使呢！……我又一次错了：野姑娘的爱情并不比贵妇人的爱情好多少，野姑娘的淳朴无知和贵妇人的妖冶风骚同样让人生厌。如果您要我爱她，我还可以再爱她，我感谢她给了我片刻的甜蜜，我可以为她献出生命，但和她在一起我还是会感到无聊……我是个傻瓜还是个坏蛋，我自己也不知道。但是我知道，我同样值得同情，甚至比她更值得同情：我的灵魂已经被尘世所毁，我的思绪骚动不安，我的内心不知餍足。什么都不能满足我的欲壑。对悲伤就像对快乐一样容易习惯，我的生活一天比一天空虚，我只剩下一个办法：出门旅行。一有机会，我就动身，——但坚决不去欧洲！——我要去美洲，要去阿拉伯半岛，要去印度，说不定我会死在半路！但我相信，由于旅途的风雨和道路的艰险我至少不会很快对此厌倦。’——他就这样滔滔不绝地说着，所有的话都牢牢地刻进了我的脑中，因为我第一次从一个二十五岁小伙子的口中听到这些东西，我希望也是最后一次……都是什么奇谈怪论！您倒说说，”上尉转向我，继续说，“您好像不久前去过京城：难道那里的年轻人都是这样的？”

我回答说，有很多人都说这种话，可能也有些人说的是实话。不过失望情绪也像一切时尚风气一样，从上层开始，蔓延到下层，然后散布开来。如今真正感到苦闷的人却在竭力掩盖这种不幸，就像掩饰缺点一样。上尉不明白其中的奥妙，摇摇头，狡黠地笑了笑说：

“这种故作苦闷的时髦病恐怕是法国人传过来的吧？”

“不，是英国人。”

“哦，是这样啊！”他答道，“他们一直都是浑蛋透顶的酒鬼！”

我不由得想起一个莫斯科的贵妇人，她硬说拜伦不过是一个酒鬼而已。不过上尉的见解是情有可原的：为了戒酒，他自然会竭力说服自己，世界上一切的不幸都是酗酒造成的。

接着他又继续讲贝拉的故事。

“卡兹比奇没有再出现。但是不知道为什么，我脑中一直有一个念头：他那次来不是平白无故的，准是在打什么鬼主意。

“有一次毕巧林劝我跟他一起去打野猪，我推托了半天。说实在的，野猪对我有什么稀罕的！可是他还是硬把我拖去了。我们带了五个兵，一大早出发了。我们在芦苇丛和树林里转来转去，一直到十点还没见到一只野兽。我就说：‘喂，我们还是回去吧，干吗这么死心眼呢？很显然今天不适合打猎！’可是格里高利·亚历山大罗维奇，尽管天热人乏，还是不想空手回去……他就是这么个人，想什么就要得到什么，很明显小时候被妈妈惯坏了……终于，在中午的时候我们搜到了一只该死的野猪——啪！啪！……没打中！那家伙蹿到芦苇丛里去了……真是个倒霉的日子！……于是我们稍微休息了一下，动身回家。

“我们放开缰绳，并排骑着马，一言不发。已经快到要塞边上了，只不过灌木丛遮住了我们的视线，看不见要塞。突然一声枪响，我们对望了一眼，同样的猜疑让我们心里一惊……我们急忙策马顺着枪响的方向飞奔过去，一看：围墙上聚集着一堆士兵，指着田野的方向。田野里一个人骑着马在拼命飞奔，手里抓着一个横在马鞍上的白色东西。格里高利·亚历山大罗维奇大喊一声，那声音绝不输给任何车臣人，他从枪套里拔出枪，策马追了过去。我紧跟在后面。

“幸亏打猎不顺利，我们的马还没有太累。它们急速飞奔，眼看着离那人越来越近……终于我看清了，骑马的是卡兹比奇，只不过我还看不出他抓在身前的是什么东西。我追上了毕巧林，对他大喊道：‘是卡兹比奇！’……他看了我一眼，点点头，抽了马一鞭子。

“终于卡兹比奇进入了我们的射程之内。不知是他的马累坏了，还是没有我们的马好，总之，不管他怎么使劲，那马怎么也跑不快。我想，这时候他肯定想起自己的黑眼睛了吧……

“我一看：毕巧林在疾驰中举枪瞄准……‘别开枪！’我冲他喊道：‘节省子弹，我们马上就追上他了。’唉，这小子！总是在不该性急的时候性急……结果枪响了，子弹打穿了马的一条后腿，它由于惯性又跑了十来步，终于腿一软跪倒在地。卡兹比奇从马上跳了下来，这时候我们才看见他手里抱着一个用披巾裹着的女人……是贝拉……可怜的贝拉！卡兹比奇用土话冲我们大叫大嚷，举起匕首对着贝拉……事不宜迟，我也开了一枪，打中了。可能子弹打中了他的肩膀，因为他突然垂下了手臂……等到硝烟散尽，我们看到地上躺着受伤的马，旁边是贝拉。而卡兹比奇扔掉枪，像只猫似的顺着灌木丛爬上悬崖。我真想把他从那里一枪打下来，可惜没有现成装好的弹药！我们跳下马，奔向贝拉。可怜的姑娘，躺在地上一动不动，鲜血像溪流一样从伤口往外涌出……那个恶棍，哪怕是当胸给一刀也好，那样一下子也就完结了。可是他刺在背上……这才是最毒辣的强盗手法！她已经不省人事。我们撕开披巾，把伤口尽量包扎得紧一些。毕巧林吻着她冰冷的嘴唇，但已经晚了，什么也没办法让她苏醒过来。

“毕巧林骑上马，我把贝拉抱起来，费了很大的劲才将她放到他的马鞍上。他用一只手搂着她，我们骑马往回走。我们默默地走了几分钟，格里高利·亚历山大罗维奇对我说：‘听我说，马克西姆·马克西梅奇，我们这样走是不可能把她活着带回家的。’‘是的，’我说。于是我们就纵马飞驰起来。要塞大门口有一群人在等着我们。我们小心地把贝拉抬到毕巧林屋里，立即派人去叫大夫。大夫虽然喝得醉醺醺的，但还是来了。他看过伤口以后说，她活不过一天。可是他错了……”

“她好了？”我抓住上尉的手，不由得高兴地问道。

“没有。”他答道，“大夫说错了，她又活了两天。”

“那您跟我说说，卡兹比奇是怎么把她掳去的？”

“是这样的：那天贝拉没听毕巧林的话，离开要塞去了小河边。您知道，那天天非常热，她坐在石头上，把脚浸在水里。这时候卡兹比奇偷偷地摸了过来，一把抓住她，捂住她的嘴往灌木丛里拖。就在那里跳上马，一溜烟跑了！她趁其不备大喊起来，哨兵们慌忙开枪射击，但没有打中。我们正好那个时候赶到了。”

“那为什么卡兹比奇要抓走她？”

“这很好理解啊。因为这些契尔克斯人可是出了名的贼种。什么东西没放好，他们就给你顺走了，甚至不需要的东西他们也偷……天性如此，没办法！再说他早就喜欢她了。”

“贝拉死了？”

“死了。不过遭了不少罪。我们也陪着她一起遭罪。大约晚上十点的时候她醒了过来。我们坐在床边，她刚一睁开眼睛，就开始叫毕巧林。‘我在这里，在你身边，我的宝贝，’他握住她的手应道。‘我要死了！’她说。我们开始安慰她，说大夫答应一定治好她。她摇摇头，转过身去，面对着墙。她可不愿意死啊！……

“夜里她开始说起胡话来。她的头滚烫，有时候全身像打摆子似的发颤。她断断续续地说着父亲和弟弟，她想回到山上的家里……后来她也说到毕巧林，用各种亲热的称呼叫他，还怪他不爱自己的心肝宝贝了……

“他默默地听着她说话，头埋在双手里。但是我全程没看到他睫毛上沾过一滴眼泪。他是真的哭不出来呢，还是在竭力控制自己，我说不上来。至于我啊，我从来没见过比这更凄惨的场景了。

“天快亮的时候她不再说胡话了，一动不动地躺了一个钟头的光景，脸色苍白，虚弱到几乎听不见呼吸声。后来她好一点儿，又开始说话。可您知道她说什么？这种想法只有临死的人才有！……她难过的是她不是基督徒，所以在那个世界里灵魂再也遇不到格里高利·亚历山大罗维奇的灵魂了，天堂里会有别的女人做他的女友。我突然想到，可以让她在死前做个洗礼。我把这个想法对她说了，她迟疑地看了我一眼，好久没有说话。最后她说，她出生的时候信什么，死的时候也还信什么。就这样一整天过去了。这一天里她变化太大了！苍白的两腮陷了下去，眼睛变得好大，嘴唇干裂。她感受到体内烧得厉害，仿佛胸口放着一块烧红的铁。

“第二个晚上来临。我们都没合眼，没离开她的床一步。她痛苦极了，呻吟着，只要疼痛稍微好转，她就努力让格里高利·亚历山大罗维奇相信，她好点了，劝他去睡觉。她吻着他的手，牢牢抓着不放。拂晓前，她感受到了死的痛苦，开始翻来覆去，扯掉绷带，血又流了出来。等到重新包扎好伤口，她安静了一会儿，又开始要毕巧林吻她。他跪在床边，轻轻托起她的头，把嘴贴到她冰冷的双唇上。她用颤抖的双手紧紧搂住他的脖子，仿佛想通过这一吻把自己的灵魂交给他……是啊，她还是死了的好！要是没死而被毕巧林甩了的话，她又会怎么样呢？因为早晚会被毕巧林甩了的……

“次日上午她很安静，一直没说话。不管我们的大夫怎样用各种热敷剂和药水折磨她，她都很听话。‘您行行好吧！’我对大夫说，‘您自己不是说了吗，她肯定活不下来，那您干吗还要给她用药？’‘马克西姆·马克西梅奇，’他回答说，‘毕竟这样我良心上好受一些。’他的良心可真好！

“午后她开始觉得口渴难耐。我们打开窗户，可是外面比屋里更热。我们在她床边放了点冰，但不管用。我知道，这种难以忍受的干渴是人临终的征兆，便告诉了毕巧林。‘水，水！……’她从床上欠起身子，用沙哑的嗓音说着。

“毕巧林的脸色变得煞白，抓起一只杯子，倒了水递给她。我用双手蒙住眼睛，开始为她祈祷，我已不记得祈祷了些什么……说实话，老兄，在医院和战场上我没少见死人的事，但是这一次情形完全不一样！……我得承认，还有一点让我伤心：她临终前一次也没想起过我，可我一直像父亲一样疼爱着她……唉，让上帝宽恕她吧！……不过话又说回来，我算个什么，要让她在临终前想起我？……

“她喝过水，感觉好一些，可是两三分钟后，她就死了。我们把一面镜子凑近她的嘴唇，镜子上没有雾气！……我把毕巧林从屋里拉出来，向围墙走去。我们背着手，并排来去来回地走着，一句话不说。他脸上一点特别的表情都没有，这让我很恼火：我要是他，早就难过死了。后来他在树荫下坐下，拿跟小棍儿在沙地上画着什么。您知道，我多半是出于礼貌想安慰安慰他，才开口说起话来，可他却抬起头笑了起来……这笑声让我浑身发冷……我就走开了，去买棺材。

“说老实话，我这么做一半是为了排遣悲伤。我有一块缎子，就用它罩在棺材上，再用毕巧林给她买的各种契尔克斯银丝带作为装饰。

“第二天一早我们把她安葬在要塞外的小河边，就是她最后一次坐过的地方附近。如今她的坟墓周围已经长出了一丛丛刺槐和接骨木。我本想在她坟墓上立一个十字架，但是您也知道，这不大合适：她毕竟不是基督徒……”

“毕巧林后来怎么样了？”我问。

“毕巧林病了好一段时间，人也瘦了不少，这个可怜的家伙。不过这以后我们再也没有谈起过贝拉。我知道他不高兴谈这个，那又何必呢？大概三个月之后他被调往××团，上格鲁吉亚去了。之后我们再也没见过面……哦，我记得不久前有人跟我说，他回到了俄罗斯，但在团里的命令中没有他的名字。不过一般命令传到我们这儿都很晚了。”

说到这里，他发了一大通议论，说消息往往要隔一年才能传到这里，这太让人郁闷了。他发这番议论多半是为了冲淡悲伤的回忆。

我没有打断他，也没有听他说。

过了一个钟头，可以上路了。暴风雪停了，天空放晴。于是我们继续赶路。在路上我不由得又谈起了贝拉和毕巧林。

“您没听说卡兹比奇后来怎样了吗？”

“卡兹比奇？哦，还真不知道……我听说在右翼阵地上沙普苏格人那里有个叫卡兹比奇的，胆子很大，常常穿一件红外衣，骑马在我们的枪弹底下不紧不慢地走着。每当子弹从他近旁嗖嗖飞过时，他还很有礼貌地鞠鞠躬。不过未必就是那个卡兹比奇！……”

我跟马克西姆·马克西梅奇在科比驿站分手道别。我坐的是驿车，他因为行李太重，跟不上我。我们都没指望以后会再见，但是还真的又遇见了。如果您想听，我可以讲一讲：这可是一个很长的故事……不过您承不承认马克西姆·马克西梅奇是一个值得尊敬的人？……如果您承认这一点，那么我倒是很乐意讲一讲这个也许看来太长的故事。

二　马克西姆·马克西梅奇

和马克西姆·马克西梅奇道别之后，我快马加鞭地穿过了捷列克峡谷和达里亚尔峡谷，在卡兹别克吃了早饭，在拉尔斯喝了茶，晚饭前赶到了弗拉迪高加索。为了不让诸君厌烦，这里我就不描绘山景，不发空洞的赞叹，不做无用的景色描写，尤其是没有身临其境的人无法想象的景色，也不列举谁都不感兴趣的统计数据。

我投宿在一个过往旅客经常歇脚的客栈。这里没人会炸野鸡、烧菜汤，因为客栈雇的三个残疾军人不是笨得要命，就是醉得一塌糊涂，什么正经事也干不了。

人家对我说，我还得在这里再住三天，因为从叶卡捷琳诺格勒来的“奥卡西亚”[1]还没到，所以暂时无法返回。这算什么奥卡西亚！（真是意想不到的怪事！）……可是

---

〔1〕奥卡西亚在俄文中有两个意思，一个是“机会”，由此引出“顺风车”“驿车”之意，在本文中是“护送队”的意思，另一个是“意想不到的事”。这里作者用“Что за оказия”一句做了双关表达，即：①这算什么护送队吗？②真是意想不到的怪事！

一句糟糕的双关语并不能安慰我这个俄罗斯人，于是为了打发时间，我打算把马克西姆·马克西梅奇讲的贝拉的故事写下来。没想到，它成了我一组小说的开篇之作。你们看，有时候一件不起眼的小事会引发重大的后果！……你们也许不知道什么叫“奥卡西亚”吧？这是由半个步兵连和一门大炮组成的掩护队，专门护送辎重，从弗拉迪高加索出发，经卡巴尔达到叶卡捷琳诺格勒。

第一天我过得很无聊。第二天一早院子里驶进一辆马车……嗬！原来是马克西姆·马克西梅奇！……我们像老朋友一样见了面。我请他住到我的客房来，他也不客气，甚至还拍拍我的肩膀，咧开嘴笑笑。真是个怪人！……

马克西姆·马克西梅奇在烹饪方面颇有造诣：他炸野鸡炸得极好，酸黄瓜汁也加得恰到好处。我得承认，要不是遇上他，我恐怕只有啃干粮了。一瓶卡赫齐亚葡萄酒让我们忘记了只有一道菜的寒酸。我们点着烟头，坐下来：我坐在窗口，他坐在生火的炉子边上，因为天气又潮又冷。我们两人都没说话，有什么可说的呢？……他已经把自己那些有趣的事全都讲给我听了，而我又没什么好讲的。我看着窗外，捷列克河的河面越来越宽，河岸上星罗棋布的低矮小屋掩映在树林之中，远处如黛的群山犬牙交错，后面矗立着像戴了一顶雪白主教小帽的卡兹别克峰。我心里与群山默默作别，感觉有些依依不舍……

我们就这样坐了好久。太阳藏到冰雪山峰的后面去了。发白的雾气开始在山谷间弥漫。此时街上传来马车的铃铛声和车夫的吆喝声。几辆大车载着一些蓬头垢面的亚美尼亚人驶进客栈的院子，后面跟着一辆空的四轮马车。这辆车行驶轻快，构造舒适，外观奢华，好像是外国造的车。车后面跟着一个留浓密小胡子的人，穿一件轻骑兵短外衣，对于一个跟班来说，能穿这样的衣服已经很讲究了。从他敲出烟斗里烟灰和吆喝车夫的那副神情，就可以准确无误地判断出他的身份。他一看就是被懒惰的老爷惯坏了的仆人，就像是俄罗斯的费加罗。[1]

“喂，伙计，”我从窗子里大声对着他喊道，“是不是护送队到了？”

他相当无礼地看了我一眼，整了整领带，然后转过身去。走在他身边的一个亚美尼亚人笑着替他作答，说是护送队到了，明天一早就返回。

“谢天谢地！”马克西姆·马克西梅奇走到窗前说。“真是辆漂亮的马车！”他接着说道，“估计是哪位当官的要去

---

〔1〕 费加罗：法国戏剧作家博马舍（1732—1799）喜剧《费加罗的婚礼》中机智的仆人。

梯弗里斯查案子。看来他不了解我们这儿的山路！不，伙计，你这是在开玩笑，他们和咱们肯定不是一路人，居然坐了辆英国马车到我们这里来！”

“那这是个什么人物呢？咱们去打听一下……”

我们来到走廊。走廊尽头通向侧屋的门开着。那跟班和马车夫正在把皮箱往房间里搬。

“喂，兄弟，”上尉问他，“这是谁的漂亮马车？啊？真是漂亮！……”那跟班头也没回，一边解捆皮箱的绳子，一边嘟囔着什么。马克西姆·马克西梅奇火了，他拍了拍这个无礼家伙的肩膀说，“我在跟你说话呢，伙计……”

“谁的马车？……我家老爷的……”

“你家老爷是谁？”

“毕巧林……”

“你说什么？你说什么？毕巧林？……哦，上帝啊！……他是在高加索当过差吗？……”马克西姆·马克西梅奇拽拽我的袖子，兴奋地叫道，眼里闪着喜悦的光芒。

“好像是当过，我刚跟着他没多久。”

“哦，那就是了……格里高利·亚历山大罗维奇？……是叫这个名字吗？……我和你老爷是朋友。”他补充了一句，友好地拍了拍那跟班的肩膀，拍得他晃了一下……

“对不起，先生，您妨碍我了。”跟班皱着眉头说。

“唉，你这老弟！……你知道吗，我和你家老爷可是非常好的朋友，我们曾经住在一起……他现在在哪儿呢？……”

跟班说，毕巧林今天要在H上校那里吃晚饭，还要在他那儿过夜……

“那他今天晚上就不过来了？”马克西姆·马克西梅奇说，“老弟，你或许有什么事情要到他那儿去吧？……你要是去的话，就告诉他，说马克西姆·马克西梅奇在这里。你就这么对他说……他就知道了……我给你80戈比买酒喝……”

跟班听说给他这么点钱，便做出一副不屑的表情。不过还是答应会为马克西姆·马克西梅奇传话。

“瞧吧，他马上就会赶来的！……”马克西姆·马克西梅奇得意扬扬地对我说，“我到门口去等他……唉，可惜我不认识H上校……”

马克西姆·马克西梅奇在大门外的板凳上坐下，我则回到自己房间。老实说，我也有点迫不及待想见到这位毕巧林呢。虽然听了上尉的故事，我对他印象不是太好，但是他性格中的一些特点我觉得还是挺可贵的。过了一个钟头，残疾军人送来烧开的茶炊和茶壶。

“马克西姆·马克西梅奇，您来喝杯茶吧？”我站在窗口对他喊道。

“谢谢了，我不想喝。”

“来喝点吧！您看，时候不早了，天冷啊。”

“没事，谢谢您……”

“好吧，随您便！”我一个人喝起茶来。过了十来分钟，老头儿进来了，说：“您说得对，还是喝点茶好，我一直在等他……跟班去他那儿已经好半天了，估计是因为什么事耽搁了。”

他匆匆喝完一杯茶，拒绝再喝一杯，便又急匆匆地去大门外等了。显然，毕巧林的轻慢让老头有点伤心，尤其因为不久前他刚跟我说过他们之间的交情，一小时之前还自信地以为，毕巧林一听到他的名字就会立即赶来的。

天已经黑了。我又一次打开窗户，叫马克西姆·马克西梅奇回来睡觉。他含混地嘟囔了一句。我又叫了他一次，他没做任何回应。

我把蜡烛放在炕上，裹着大衣躺进沙发，很快就睡着了。要不是马克西姆·马克西梅奇深夜回到房间把我吵醒，我会睡得很安稳的。他把烟斗扔在桌上，在屋子里来回踱步，不停地拨弄着炉火。最后终于躺下，可是又咳嗽，吐痰，翻来覆去，折腾了很久……

“是不是有臭虫咬您啊？”我问。

“是啊，有臭虫……”他长叹一声，回答说。

第二天上午我很早就醒来了。可是马克西姆·马克西梅奇比我起得更早。我发现他已经坐在大门口的板凳上。“我要去一趟司令部，”他说，“如果毕巧林来了，请您派个人来叫我……”

我答应了。他急忙跑去了，仿佛肢体又恢复了青春的活力和敏捷。

早晨清新而美好。金色的云霞堆积在群山之上，仿佛又一道浮在空中的山脉。大门前是一个开阔的广场，广场外的集市上人声鼎沸，因为正好是星期天。光脚的奥塞梯孩子，背着装有蜂窝蜜的袋子，在我身边转来转去。我把他们赶开了。我没有心思理他们，因为我变得和善良的上尉一样心神不宁了。

没过十分钟，广场尽头出现了我们盼望的那个人。他和H上校走在一起……上校把他送到客栈，与他道别后就回要塞了。我立即让一个残疾军人去找马克西姆·马克西梅奇。

毕巧林的跟班出来迎接他，向他报告说马上去套车，并递给他一盒雪茄。跟班在得到毕巧林的一些吩咐后就忙着去办事了。而他的主人则点上烟，打了两个哈欠，在大门另一边的板凳上坐下。现在我该来描绘一下他的外貌了。

他中等个头。修长匀称的身材和宽阔的肩膀说明他体魄强健，能够承受漂泊生活和气候变化的种种磨难，也能够抵挡住京城的糜烂生活和内心的狂风暴雨。他那沾满灰尘的丝绒上衣只扣了底下两个纽扣，露出的雪白衬衫显示了上等人的生活习惯。他那副弄脏的手套仿佛是特地为他那双贵族小手定制的，当他脱下一只手套时，我惊讶于他手指的苍白纤细。他的步态随意慵懒，但我发现，他并不大幅摆动双手，——这准确地反映出他性格有些内向。不过这只是根据我的观察得出的纯然个人的看法，绝不希望你们盲信。当他坐到板凳上的时候，他挺直的身板便弯了下来，仿佛背上没长一根骨头。他全身的姿态现出某种神经衰弱的样子，他坐在那里，像极了巴尔扎克笔下三十岁的风骚女子一夜狂舞之后瘫坐在毛绒圈椅里的样子。第一眼看上去我认为他不会超过二十三岁，尽管仔细看过之后我认为他至少有三十岁。他的笑容里有某种孩子气，他的皮肤像女人一样细嫩。他那天生卷曲的淡黄头发漂亮地勾勒出他苍白高贵的额头，额头上交织的皱纹只有细心观察才能看出来，或者当他生气或不安的时候才比较明显。尽管他头发是浅色，但胡子眉毛都是黑色的。这是血统纯正的标志，就像黑鬃黑尾的白马。为了完整地描绘他的外貌，我还要说明，他的鼻子有些上翘，牙齿白得耀眼，眼睛是栗色的。关于这双眼睛我还要多说两句。

首先，当他笑的时候，眼睛却不笑！您没有在别人身上发现过这种怪事吗？……这是脾气坏或者经常郁闷的标志。这双眼睛从半垂的眼睑下发出磷火一样的光芒——如果可以这样形容的话。这种光芒不是内心狂热或想象力丰富的反映，而是类似平滑钢面的闪光，耀眼却冰冷。他目光短促，但敏锐有力，仿佛提出了一个不客气的问题，让人感觉不快。要不是这目光如此冷漠而平静，它定会给人留下粗野无礼的印象。我所以有这样的看法，也许只是因为我知道他生活的某些细节，也许对另外一个人来说，他的外表会产生完全不同的印象。可是由于你们只能从我这里听到他的情况，所以你们只能姑妄听之了。总的来说，他长得不错，具有上流社会女人们特别喜欢的那种相貌。

马都套好了。铃铛在轭下不时发出响声。跟班的已经两次走到毕巧林跟前报告，说一切已经准备停当。可是马克西姆·马克西梅奇还没回来。幸好毕巧林正望着高加索青色的峰峦出神，仿佛一点儿也不急于上路。这时候我走到他跟前说：

“如果您愿意再稍等一会儿，”我说，“您就可以和老友重逢了……”

“哦，对的！”他迅速答道，“昨天他们跟我说了，可是他现在哪里？”我转头向广场那边望去，正好看见马克西姆·马克西梅奇拼命往这边跑来……几分钟后他已经到了我们跟前，气喘吁吁，满头大汗，几绺湿漉漉的白发从帽子底下露出来，紧贴在额头上。他的双膝直打哆嗦……他想扑过去搂住毕巧林的脖子，但后者只是冷冷地向他伸出手，尽管脸上带着礼貌的微笑。上尉愣了一下，但还是用两只手紧紧握住了他的手：他气喘得还说不出话来。

“我真高兴，亲爱的马克西姆·马克西梅奇！您一向可好？”毕巧林说。

“那么……你……您呢？”老头儿含着眼泪喃喃地说，“……多少年了，多少日子了……您这是上哪儿去？……”

“上波斯去，还要到……”

“难道现在就要走吗？……等会儿再走吧，好朋友！……莫非现在就分手吗？……我们有多久没见了……”

“我该走了，马克西姆·马克西梅奇。”他回答。

“我的上帝，我的上帝！您干吗这么急呢？……我有多少话想对您说……有多少事要问您……怎么样？退役了吗？日子过得怎么样？……在做些什么？……”

“什么也没干！”毕巧林笑着回答。

“您还记得我们在要塞里的日子吗？……那儿真是个打猎的好地方！……您那时候可是酷爱打猎啊……还记得贝

拉吗？……”

毕巧林脸色有些发白，转过脸去……

“是的，记得！”他说道，同时很不自然地打了个哈欠……

马克西姆·马克西梅奇开始求他再待上一两个小时。

“我们好好吃顿饭，”他说，“我有两只野鸡，这里的卡赫齐亚葡萄酒很好……当然啦，不能和格鲁吉亚的比，但也是上等品了……我们聊聊……您给我讲讲您在彼得堡的生活……好吗？……”

“老实说，我没什么可讲的，亲爱的马克西姆·马克西梅奇……还是再见吧，我得走了……我着急赶路……谢谢您没忘记我……”他握住他的手，又说了一句。

老头儿皱起眉头……他又伤心又生气，虽然竭力在掩饰。

“忘记！”他嘀咕道，“我可什么也没忘记……好吧，随您的便吧！……真没想到我们会是这样见了一面……”

“好啦，好啦！”毕巧林友好地抱住他说，“难道我还不是老样子吗？有什么办法呢？……大家各有各的路……咱们能不能再见面，只有上帝知道！……”说这些话的时候，他已经坐在车里了，车夫也已开始拉紧缰绳。

“等等，等等！”马克西姆·马克西梅奇突然抓住马车的车门，叫喊起来，“我差点忘了……您的一些稿纸还在我这儿，格里高利·亚历山大罗维奇……我一直带在身边……原想着能在格鲁吉亚遇见您，没想到上帝安排我们在这儿相见……我该怎么处理那些稿纸？……”

“随您处置吧！”毕巧林答道，“再见……”

“您是去波斯？……那什么时候回来？……”马克西姆·马克西梅奇在车后面喊道。

马车已经走远了，但毕巧林做了一个手势，仿佛是说：未必会回来了！没必要再回来了！……

马车的铃铛声和车轮碾压石子路的辘辘声早就听不见了，可怜的老头儿还呆呆地站在原地，陷入沉思。

“是啊，”他终于开口，竭力装出一副无所谓的样子，尽管眼睫毛上不时闪现着懊恼的泪花，“当然啰，我们曾经是朋友，可现如今朋友算得了什么！……他会看重我什么？我一没钱二没权，而且年纪也和他不相称……瞧，他又在彼得堡待了一阵子，变成了一个十足的花花公子……多棒的马车！……多少行李！……而且仆人都那么神气！……”他脸上带着嘲笑的表情说了这几句话。“您说说，”他转向我接着说，“这件事您怎么看？……他中了什么邪，现在要到波斯去？……可笑，真可笑！……我早就知道他是个轻浮的人，靠不住……真可惜，他不会有好结果的……这是注定了的！……我常常说，忘记老朋友的人绝没有好下场！……”说完他立即转过身去，以掩饰自己的激动。然后又走到院子里自己的马车边上，装作在查看车轮，其实是为了不让我看见他夺眶而出的泪水。

“马克西姆·马克西梅奇，”我走近他说道，“毕巧林留在您那儿的是什么稿纸？”

“鬼知道是什么东西！好像是一些笔记……”

“您打算怎么处理它们？”

“怎么处理？我让人拿去做弹塞。”[1]

“您还是给我吧。”

他惊奇地看看我，含混地嘟囔了一句，然后开始在皮箱里翻找。他翻出一个练习簿，轻蔑地扔到地上，然后是第二本、第三本，一直到第十本，全扔到地上。他气呼呼的样子有点像小孩，我觉得既好笑又可怜……

“就是这些了，”他说，“恭喜您捡到宝贝……”

“我可以随便处置它们吗？”

“哪怕在报纸上发表也没问题。都和我无关！……我又不是他的朋友，或者亲戚！……没错，我们是在同一个屋

〔1〕 当时的子弹是火药包在硬纸里，叫纸包子弹。

檐下住过……可和我住过的人多了去了……”

我捡起这些本子，赶紧拿回屋里，生怕上尉后悔。不久有人来告诉我们，过一个小时后护送队就出发了。我吩咐备车。上尉回到屋里的时候，我已经戴上帽子了。他似乎不准备动身，一副冷冷的、不自然的表情。

“马克西姆·马克西梅奇，难道您不走吗？”

“不走了。”

“为什么呢？”

“因为我还没见着司令官，我得把一些公家的东西交给他……”

“您不是去过他那儿吗？”

“去过是去过，”他有些支吾，“可是他不在家……我也没等他。”

我明白了：这个可怜的老头，也许是生平第一次，用一句文绉绉的话来说，叫“私而忘公”。可他得到的是什么回报啊！

“真遗憾，”我对他说，“真遗憾，马克西姆·马克西梅奇，我们得提前分手了。”

“我们这些没文化的老头怎么能高攀得上你们呢！……你们是上流社会的年轻人，高贵得很。也就是这儿在契尔克斯人的子弹下，勉强和我们共处一段儿……以后再见面，连跟我们这些兄弟握个手都觉得丢面子。"

"我可不是这样的人，马克西姆·马克西梅奇。"

"哦，您知道我只是随便说说的。我祝您万事如意，一路顺风。"

我们冷冷地告了别。善良的马克西姆·马克西梅奇变成了一个偏执好斗的上尉！什么原因呢？就是因为，毕巧林不知是心不在焉还是什么原因，在马克西姆要扑上来拥抱的时候只向他伸出了一只手！当一个年轻人看待世界和人类情感的粉色面纱被无情揭去后，他会失去所有美好的愿望和梦想。这是大家都不愿意看到的，尽管他还可以用同样转瞬即逝的、同样甜美的梦想去替换旧的迷梦……可是对于马克西姆·马克西梅奇这个年纪的人，他还有什么新的迷梦来疗治这次迷梦的打击？只有心肠渐渐变硬，不再轻易打开心扉……

我一个人走了。

毕巧林日记

序言

不久前我得知，毕巧林在从波斯回国的途中去世了。这个消息让我很高兴，因为现在我有权发表他的日记了，并可以借机在别人的作品上署自己的名字。愿上帝保佑，别让读者们因为这种无害的掠美行为而惩罚我。

现在我要稍微解释一下，我为什么要把一个素昧平生之人的内心秘密公之于众。如果我是他的朋友倒也罢了，因为一个知心朋友阴险地爆料对方隐私的行为是可以理解的。可是我这辈子只在长途旅行中见过他一次面，显然不会对他产生那种难以理解的嫉恨，这种情感一般都藏在友谊的假面之下，期待着朋友死去或者遭遇不幸，然后劈头盖脸地送给他一大堆责骂、建议、嘲笑和怜悯。

在翻阅这些笔记的时候，我深信这个无情暴露自己弱点和缺陷的人是真诚的。一个人心灵的历史，哪怕是最渺小的心灵的历史，也未必不如一个民族的历史更有意思、更有教益，尤其是当这历史是一个成熟的头脑内省的结果，而且它的写作不是出于博取同情或哗众取宠的虚荣愿望。卢梭的《忏悔录》在这方面就略显不足，因为他是读给朋友们听的。

因此，我决定将这份偶然得到的日记部分刊出，仅仅是希望它能对社会有所裨益。虽然我换掉了所有人物的姓名，但里面所提到的人想必会认出自己来，他们也许还会为那个早已离开人世而至今仍遭人诟病的人的行为辩解：我们往往容易原谅我们理解的东西。

我在本书中只收入了毕巧林在高加索服役时的那部分日记，我手中还有他一大本日记，讲述了他自己一生的经历。有朝一日它也会公之于世，但目前由于诸多重要原因，我不敢承担这一责任。

也许，有些读者想知道我对毕巧林性格的看法？我的回答就是这本书的书名。他们会说："这是一种恶毒的讽刺啊！"是这样吗？我也不知道。

一　塔曼

塔曼是俄罗斯所有海滨城市里最差劲的小城，没有之一。我在那里差点没给饿死，而且还有人想把我淹死。我乘驿车深夜到达这座小城，车夫把三套车停在入城处唯一一座石头房子的大门前，马儿们都累坏了。站岗的黑海哥萨克哨兵听到马车的铃铛声，用睡意蒙眬的声音粗野地喝道："什么人？"走出来一个军士和一个班长。我给他们解释说，我是军官，因公务要去战斗部队，要求他们给我安排一处公家的官舍。班长领着我们跑遍了全城，不管去哪家旅馆，全都客满。天很冷，我又三个晚上没睡觉，累得筋疲力尽，于是发起火来。"随便带我到哪儿都行，强盗！哪怕带到鬼屋，只要能过夜就行！"我大声嚷道。"还有一个地方，"班长挠挠后脑勺，答道，"不过大人您不会满意的，那儿不干净！"我没太明白最后一个词的准确意义，吩咐他带路。我们在各种肮脏的胡同里走了很久，路两边全是破败不堪的篱笆，最后终于来到海边一座小房子前。

一轮圆月照在我新住所的芦苇屋顶和白色墙壁上。在建有鹅卵石围墙的院子里，向一边歪斜着另一个小破房子，比第一个更小更古老。绝壁状的海岸几乎从房子的墙角直接向下伸入海里，下面传来深蓝色的海浪不断拍击岩壁的声音。月亮静静地看着动荡不安却顺从于它的大海，我借着它的光看见远处有两艘大船，船上蛛网一般的黑色绳索，一动不动地映照在灰白的天际之下。“这海港里有船，”我心里想，“明天可以去格连吉克了。”

给我派了一个边防哥萨克兵当勤务兵。我吩咐他从马车上取下我的皮箱，然后打发车夫回去。我开始叫房东——没人应，敲门——还是没人应……什么情况？后来终于从穿堂屋里出来一个十四五岁的男孩。

“房东呢？”“不在了。”“怎么？彻底不在了？”“彻底不在了。”“那女房东呢？”“到乡下去了。”“那谁给我开门呢？”我问道，用脚踢了下门。结果门自动打开了。房间里散发着一股霉味。我划亮一根火柴，移到小孩面前。火光照亮了两只白眼球。他是个瞎子，天生的那种。他一动不动地站在我面前，我开始仔细打量他的相貌。

老实说，我对所有的瞎子、独眼、聋子、哑巴、缺胳膊的、少腿的、驼背的残疾人抱有一种强烈的成见。我发现在人的外表和内心之间始终存在一种奇妙的联系：似乎失去某部分肢体的人，他的心灵也会失去某种感情。

于是我开始认真观察这个盲小孩的脸，但是一个人如果没了眼睛，您能从他脸上读出什么呢？……我不禁心生怜悯，端详了他很久。突然他细薄的嘴唇闪过一丝不易察觉的微笑。不知道为什么，这微笑让我感觉非常不舒服。我开始怀疑这个瞎子其实没那么瞎。尽管我努力让自己相信，白翳是无法伪造的，而且何必要伪造呢？但是没用，我还是相信自己的成见……

“你是女房东的儿子吗？”我终于问他。“不是。”“那你是谁？”“孤儿，残疾人。”“女房东有孩子吗？”“没有，曾经有过一个女儿，可是跟一个鞑靼人渡海跑了。”“和什么样的鞑靼人？”“鬼才知道！克里米亚的鞑靼人，一个刻赤的船夫。”

我走进屋子。两条长凳，一张桌子，炉子边上还有一只大箱子，这是房间里的全部家具。墙上没有圣像——不祥之兆！海风从打碎的玻璃窗里灌进来。我从皮箱里拿出一截蜡烛头，点着，开始安顿东西。把马刀和步枪放在墙角，手枪搁到桌子上，在一条长凳上铺好斗篷，哥萨克兵把自己的斗篷铺在另一条长凳上。十分钟后他已经打起呼噜了，而我却难以入眠：黑暗中我的眼前老是晃动着那个白眼睛的男孩。

这样过了将近一个小时。月亮照到了窗前，光线在房子的泥地上游移。突然，月光洒在地上的光带中闪过一个影子。我欠起身，往窗口一望，有人又从窗口跑过，不知道藏到哪里去了。我无法相信，这个人是从海岸的峭壁上跑下去的，但他又没有别的路可走。我爬起来，披上外衣，往腰里别了把匕首，悄悄走出了屋子。迎面走来那个瞎眼男孩。我赶紧躲到篱笆边上，他小心翼翼但准确无误地从我身旁走过。他腋下夹着一个包裹，向码头那边拐了过去，顺着又窄又陡的小道儿往下走。“那一日，哑巴将开口，瞎子必看见”[1]，我一边想着一边跟在他后面，保持能看见的距离。

这时候月亮钻进了乌云里，海上升起了浓雾。近处一艘船上的艄灯在雾中若隐若现。岸边闪亮着白沫翻腾的巨浪，仿佛随时要将海岸吞没。我费力地顺着陡坡往下走，突然看见瞎子停了一下，随后拐到右下方。他走得离水特别近，似乎海浪马上就要将他卷走。但看得出他不是第一次走这条路，因为他走得很自信，稳稳地从一块石头跳到另一块石头上，熟练地避开坑洼的地方。最后他停了下来，

---

〔1〕　来自《新约全书·马太福音》。

仿佛在倾听什么，然后坐到地上，把包裹放在身边。我躲在岸上一块凸出的岩石后面，观察着他的一举一动。几分钟过后，对面出现了一个白色身影，那人走到男孩跟前，在他身边坐下。海风不时地将他们的谈话送入我的耳朵。

“怎么样，瞎子？”一个女人的声音说，“风暴太大，杨柯不会来了。”

“杨柯不怕风暴。”盲小孩回答。

“雾越来越浓了。”女人反驳道，声音里透着忧虑。

“在大雾里更容易躲过巡逻船。”他回答。

“万一他淹死了呢？”

“那好啊，你星期天就没法系着新缎带去教堂了。”

接下来是一阵沉默。可是有件事让我颇为惊讶：盲小孩和我讲话的时候用的是乌克兰语，现在却说一口纯正的俄语。

“你看，我说对了吧，”盲小孩双手一拍，说道，“杨柯不怕海，不怕风，不怕雾，也不怕海岸巡逻队。你仔细听：这不是海浪拍打的声音，我不会听错的，这是他长桨划动的声音。”

女人霍地跳起来，焦急地注视着远方。

“你胡扯，瞎子，”她说道，“我什么也没看见。”

说实话，不管我多么努力地辨认，始终看不到远方海水里有类似小船的东西。这样过了大概十分钟左右，在汹涌起伏的海浪之间出现了一个黑点：它时大时小，慢慢地爬上波峰，又快速地沉到波谷。小船离岸越来越近了。水手能在这样的夜晚穿越二十俄里的海峡，真够勇敢的，不过必定有让他铤而走险的重要原因！我这样想着，心不由得怦怦直跳。我望着这只可怜的小船，它像一只鸭子，在水里扎个猛子，然后，仿佛鸭子扇动翅膀一般，快速地挥动双桨，从深渊的浪花中蹿出来。眼看着它就要猛烈地冲到岸上撞个粉碎了，可是它却灵活地侧转过来，安然无恙地驶入一个小湾。船上下来一个中等个头的人，戴一顶鞑靼人的羊皮帽。他挥挥手，三个人便开始从船上往外拖东西。货物非常大，我至今都没弄明白，小船怎么没沉没。他们每个人往肩上扛一袋货，顺着海岸往前走，一会儿我就看不见他们了。本来应该回屋了，但是老实说，这些怪事让我心绪难平，我好容易挨到天亮。

我的哥萨克勤务兵醒来时看见我穿戴整齐，很是惊讶。但是我并没有告诉他原因。我站在窗口欣赏了一会儿白云缕缕的蓝天和远方的克里米亚海岸。这海岸像一条雪青色的带子，一直绵延到悬崖边上，悬崖顶上有一座白色的灯塔。随后我出发去法纳戈里亚要塞，想从司令那里打听一下去格连吉克的时间。

唉，司令也没能告诉我确切的时间。码头上停泊的船，要么是巡逻艇，要么是还没有开始装货的商船。“或许过三四天会有一艘邮船来，”司令说，“到时候再看着办吧。”我闷闷不乐地回到住所。哥萨克勤务兵在门口神色紧张地迎接我。

“事情不妙，大人！”他对我说。

“是啊，兄弟。谁知道我们什么时候才能离开这儿啊！”听完这话他更紧张了，俯身过来悄声对我说：

“这里不干净！我今天遇见黑海舰队的一个军士，我认识他，去年来过我们部队。当我告诉他我们住在哪里时，他对我说：‘老弟，这个地方不干净，人不好……’的确是这样啊，那个瞎小子究竟什么来路？一个人到处乱跑，一会儿上市场去买面包，一会儿去打水……看得出这儿的人对这瞎小子已经见怪不怪了。”

“该不会吧？至少女房东该露面了吧？”

“今天您不在的时候老太太带着女儿来了。”

“什么女儿？她没有女儿。”

“如果不是女儿，那就不知道是什么人了。老太太现在在自己屋里。”

我走进那间小破房子。炉子烧得很热，上面煮着对穷人来说相当奢侈的饭菜。不管我问什么，老太太总说自己耳聋，听不见。我一点儿办法没有，只好回过头来找瞎子，他正坐在炉子前面往炉火里添枯树枝。“喂，瞎小鬼，”我揪住他一只耳朵说，“说，昨夜你扛个袋子去哪儿了，啊？”这个盲小孩突然大哭起来，大叫大嚷：“我到哪儿去了？……我哪儿也没去……扛着袋子？什么袋子？”老太婆这回却听见了，开始嘀咕起来：“这可是造谣啊，还造到一个残疾孩子头上了！您为什么这么对他？他碍着您什么了？”这套把戏让我厌烦，于是我走出屋子，打定主意要解开这个谜。

我用斗篷裹住身子，坐到篱笆旁的石头上，向远方眺望。我面前展开一片被昨夜风暴涤荡过的大海。它那单调的海浪声有如睡梦中城市的呓语，让我想起了往昔的时光，把我的思绪带向北方，带到我们寒冷的京城。我沉浸在令人激动的回忆之中……就这样过了大约一个小时，也许更长……突然一阵类似唱歌的声音打断了我的回忆。没错，是歌声，一个女人清新的小嗓音——但是从哪儿来的呢？……我侧耳细听——调子有些怪，时而悠长悲伤，时而短促欢快。我环顾四周，一个人也没有。我又仔细倾听——声音仿佛是从天上落下。我抬头往上看，在我的屋顶上站着一个穿条纹裙的姑娘，披散着头发，真正的美人鱼。她手搭凉棚，遮住阳光，凝视着远方。一会儿笑着自言自语，一会儿又开始唱起来。

我一字不落地记住了这首歌的歌词——

在碧蓝的大海上
无数白帆自由飘荡
在这些白帆之间
是我孤零的小舟
它没有白帆，只有双桨
当风暴来临
古旧的船儿们升起白帆
在海上乘风破浪
我却向大海深鞠一躬：
“愤怒的大海，
请别碰我的小舟：
它可载着贵重之物，
而在暗夜中驾驭它的
是那拼命三郎”

我不禁想起，昨天夜里我听到的也是这个声音。我略一沉思，抬头再看屋顶时，姑娘已然没了踪影。突然她从我身旁跑过，唱着另一首歌，打着响指跑进老太太的屋里，但很快传出她们俩的争吵声。老太太在生气，她却哈哈大笑。接着我看到我的美人鱼连蹦带跳地跑了过来，经过我身边的时候她停了下来，仔细地盯着我的眼睛看，好像对我出现在这里非常惊奇。然后又若无其事地转过身，悄悄地向码头走去。这还没完：整整一天她都在我房子周围转悠，又唱又跳，一刻没停。真是个怪人！她的表情里看不出任何疯狂的迹象，相反，她看我的目光锐利逼人，这双眼睛似乎具有某种魔力，仿佛时时刻刻都在等着人家问话。可是我一开始说话，她便狡黠地笑着跑开。

说真的，我还从没遇见过这样的女人。她远非美女，但我对美也有着自己的成见。她身上有不少血统纯粹的标志……女人的血统和马的血统一样，关系重大。这是青年法兰西[1]发现的。它，就是说血统，而不是青年法兰西，大都可以从步态以及手脚上看出来，尤其是鼻子至关重要。在俄罗斯，一只标致的鼻子比一双小巧的脚更难找。这个唱歌的女孩看上去不超过十八岁，腰身非常柔韧，尤其她低头的神态、浅褐色的长发、脖子和肩膀上略微晒黑的皮

〔1〕19世纪30年代，法国浪漫主义青年作家戈蒂耶与内尔瓦等人结成一个浪漫主义文社，其成员专喜奇谈诡行以骇世惊俗，自称是“青年法兰西”派。

肤的金色光泽，特别是那标致的鼻子——这一切都让我心醉神迷。尽管我在她斜睨的眼神中读出了某种野性和可疑，尽管她的微笑里藏着一种捉摸不透的东西，但成见的力量是强大的：标致的鼻子让我发狂，我想象着我已经找到了歌德笔下的迷娘[1]，那个按照他德国式的想象塑造出来的美妙人物。没错，她们之间的确有很多相似之处：同样会从极度不安中瞬间变得异常平静，同样说着让人捉摸不透的话，同样蹦蹦跳跳，唱一些奇怪的歌……

傍晚的时候，我在门口拦住她，和她聊了起来。

“告诉我，美人儿，”我问道，“今天你在屋顶上干什么了？”“看风从哪儿吹来。”“看这个干什么？”“风从哪儿来，幸福就从哪儿来。”“这么说，你唱唱歌就能找来幸福喽？”“哪儿有歌唱，哪儿就有幸福。”“难道你不会把悲伤也唱来吗？”“那又怎么样？反正不是福就是祸，福祸之间本来也相差不远。”“谁教你唱的这首歌？”“没人教我，我怎么想就怎么唱，该听的人自然会听懂，不该听的人就听不懂。”“你叫什么名字，我的歌手？”“谁给我做洗礼，谁就知道。”“那谁给你做的洗礼？”“这我怎么知道？”“你

---

〔1〕 歌德小说《威廉·麦斯特的学习时代》中的女主人公。

嘴挺严啊！我知道你的一些事情。”（她不露声色，嘴唇都没动一下，仿佛和她不相干）“我知道，昨夜你去了海边。”接着我一本正经地给她讲了我昨夜的见闻，想让她难堪，可是丝毫没起作用！她放声大笑，说：“您见得多，但知道的少，您知道的东西，可得保守秘密哦。”“要是我去报告司令呢？”我说这话的时候表情相当严肃。她突然跳起来，唱着歌跑走了，像一只受惊从灌木丛中飞出的小鸟。我最后那句话说得实在不合适，当时我没有想到这话的严重性，后来发生的一件事则让我对此追悔莫及。

天刚黑，我就吩咐哥萨克勤务兵按照行军的习惯烧热茶壶，我把蜡烛点亮，在桌边坐下，抽起了旅行烟斗。我快喝完第二杯茶的时候，突然听见门“咯吱”一声，身后响起裙子的窸窣声和轻微的脚步声。我心里一惊，转过头去，原来是她，我的美人鱼！她静静地在我对面坐下，一句话不说，只用一双眼睛紧紧盯着我。不知道为什么，我觉得她的目光里充满了柔情蜜意，这让我想起从前那些肆意玩弄我生命的目光，其中就有这样深情的凝望。她似乎在等我发问，但我却被她看得莫名窘迫，一句话也说不出来。她的脸色有些苍白，透露出内心的激动。她的手漫无目的地在桌子上游移，我发现它在微微地颤抖。她的胸部一会儿高高耸起，一会儿又似乎在屏住呼吸。我不想再继续装演下去了，决定用最常见的方式打破沉默，也就是请她喝茶。没想到她突然跳起来，双手搂着我的脖子，往我嘴上印了一个温润而火热的吻。我眼前一黑，头脑发晕，用我火热的青春激情紧紧地把她搂在怀中。但她像蛇一般从我的两臂间滑脱，对着我的耳朵低声说了句："今天晚上，等大家都睡着后，你到海边来。"接着便箭一般地飞出了房间。在穿堂里她碰翻了茶炊和地上的蜡烛。"这鬼丫头！"哥萨克勤务兵喊道，他正坐在干草上，想着用剩下的茶暖身子呢。这时我才清醒过来。

大约过了两个小时，码头上一切都安静下来。我叫醒勤务兵，对他说："如果听见我开枪，你赶紧到海边去。"他瞪大眼睛，机械地答道："是，大人。"我把手枪别到腰带上就出门了。她在斜坡边上等我，穿一件非常薄的衣衫，柔软的腰肢上束着一条小围巾。

"跟我来！"她抓住我的手说，我们开始往下走。我不明白为什么我没摔断脖子。下坡到坡底我们向右转，走上了之前我跟踪盲小孩的那条路。月亮还没有升起来，只有两颗星星，像两座指路的灯塔，在黑暗的天空中闪着亮光。黑压压的海浪有节奏地涌向岸边，轻轻托起一只系在岸边的孤零小船。"我们上船，"我的女伴对我说，我有些犹豫，因为我并不喜欢海上浪漫之旅，可是退却也不合时宜。她跳进小船，我紧随其后。还没等我反应过来，船儿已经离岸了。“这是什么意思？”我生气道。“意思是，”她把我按在凳子上坐下，双臂搂住我说，“意思是我爱你。”……她的脸颊贴了上来，我的脸上立即感到她火热的气息。突然有什么东西扑通一声掉进水里，我往腰里一摸，手枪没了。这时候我心里顿生疑窦，血直往脑袋上涌！我回头一望，我们离岸边已有五十来俄丈，而我不会游泳！想把她从身上推开，她却像猫一样紧紧抓住我的衣服，突然她使劲一推，险些把我推进海里。小船儿摇晃起来，但我稳住了。我们之间开始一场殊死搏斗。愤怒让我力量倍增，但我很快发现，我不如我的对手灵活……“你想怎么样？”我牢牢地按住她的小手，冲她喊道。她的手指咯吱作响，但她并没有喊叫。她那蛇一般的天性使她忍住了这种疼痛。

“你看见了，”她答道，“你会去告发的！”她用一种不可思议的力量将我掀倒在船舷上。我们俩的半个身子都挂在船外，她的头发已经触到水面。生死关头，我用膝盖抵住船底，用一只手抓住她的辫子，另一只手抓住她的喉咙。她松开了我的衣服，我一下子把她扔进了海浪中。

天已经相当黑了，她的脑袋在海水的泡沫中闪了两下，就再也看不见了……

我在船底找到半截旧桨，费了九牛二虎之力划到岸边。

我顺着海岸慢慢地向自己的小屋走去，一边走一边不由自主地盯着之前盲小孩等杨柯的那个方向。月亮已经升起来了，我似乎看见一个穿白衣的人坐在岸边。在好奇心的驱使下，我躲了起来，趴在岸边悬崖上的草丛中，微微伸出头，这样悬崖下面的一切都在我视线范围内。我看见了我的美人鱼，不过我并没有吃惊，反而有些高兴。她正在把长发上的泡沫挤干。湿透的衬衫勾勒出她柔美的身材和高耸的乳房。过了一会儿，远处出现了一艘小船，很快就到了近前。和昨天夜里一样，从船里走出一个戴鞑靼帽的男人，留着哥萨克人的发型，腰带上别着一把大匕首。“杨柯，”她说道，“一切都完了！”接下来的谈话声音很轻，我什么也没听见。“那瞎子在哪儿？”终于杨柯提高了嗓门问道。“我打发他取货去了。”对方答道。过了几分钟盲小孩出现了，背着一个麻袋，他们把麻袋装上小船。

“听着，瞎子！”杨柯说道，“你要守着那个地方……知道吗？那儿都是值钱的东西……请告诉……（名字我没听清），我不再伺候他了，出事了，他也别想再看见我了。现在这儿危险，我要去别的地方找工作，他再也找不到我这么大胆的人了。请你还告诉他，如果他工钱付得高一点的话，杨柯是不会离开他的。只要有风有海的地方，处处都有我的活路！”杨柯沉默了一会儿继续说：“她会和我一起走，她不能再待在这里了。请你告诉老太婆，就说，你该死了，活得太久了，应当懂得体面，不要连累他人。她也别想再见着我们了。”

“那我呢？”瞎子哀怨地问。

“我要你有什么用？”杨柯答道。

这时候我的水妖已经跳上小船，并向同伴招手示意。杨柯往瞎子手里塞了点东西，说：“拿去买糖饼吃吧。”“就这点？”瞎子说。“那再给你点”——一枚硬币掉到岩石上，发出响声。瞎子并没有去捡这枚硬币。杨柯坐上船，岸上吹来风，他们升起小帆，飞速地离开了海岸。在月光的照耀下，白帆长时间地在海浪间闪现。瞎子一直坐在岸上，我仿佛听到了号哭的声音：那是瞎子在哭泣，哭了很久很久……我突然难过起来。为什么命运将我抛入到这些本分的走私者的平静生活中？我就像一颗扔入平静水面的石头，搅扰了他们的安宁，而我这颗石头也差点葬身水底。

我回到屋里。门廊里木盘上放着的蜡烛即将燃尽，发出噼啪的声音。我的哥萨克勤务兵并没有听我的吩咐，双手抱着枪睡得死沉。我没有叫醒他，拿起蜡烛走进屋里。哎呀！我的钱匣、镶银的马刀、达格斯坦的短剑（朋友送的）都不见了。我立刻猜到那个该死的瞎子背的是什么东西了。我毫不客气地推醒了勤务兵，对着他破口大骂，发了一通脾气，可又有什么办法呢？难道要去向上级汇报，说一个盲小孩偷光了我的东西，一个十八岁的姑娘差点没把我淹死？这岂不滑天下之大稽！

谢天谢地，第二天早上终于可以上路了。我就离开了塔曼。至于老太婆和可怜的盲小孩命运如何，我就不得而知了。再说，人家的欢乐和痛苦和我有什么关系，我只是一个因公出差、到处浪游的军官！

第一部完

第二部

（毕巧林日记续篇）

二　梅丽公爵小姐

5月11日

昨天到达五峰城，在马舒克山脚下的城郊最高处租了一套房子：每逢雷雨天气，乌云便低垂到我的房顶上。现在是早晨五点，我打开窗户，房前小花园的花香便充满整个房间。开满樱桃花的树枝正对着我的窗户，有时微风袭来，将白色花瓣吹落到我的书桌上。三面景色都非常优美，西面，五峰并列的贝什图山泛着蓝光，仿佛“风雨散后的残云”[1]；北面耸立着马舒克山，好像一顶毛茸茸的波斯帽，遮盖住了那一面的天空；东面看起来更加赏心悦目：下面是一座五彩斑斓、干净崭新的小城，具有治疗功效的泉水潺潺流淌，操着各种语言的人群熙熙攘攘；而那边，更远的地方，群山更蓝更氤氲，层峦叠嶂，像一个围成半圆形的剧场。在最远的天际，白雪覆盖的山峰仿佛一

〔1〕 普希金《乌云》一诗中的诗句。

条银链，从卡兹别克山一直绵延到双峰并峙的厄尔布鲁士山……住在这样的地方可真惬意啊！我浑身每一个毛孔都散发着快感。空气纯净清新，仿佛婴儿的吻。阳光灿烂，天空湛蓝，有福地如此，夫复何求？还要那些情欲、愿望、遗憾作甚？可是时间到了，我要去伊丽莎白温泉了。据说来泡温泉的人早上都聚集在那里。

…………

我沿着林荫道往下走到城中心，路遇几拨愁眉不展的人群慢慢地向山上走去。他们大部分是草原上的地主人家，这点可以从丈夫们破旧老式的外套和妻子女儿们讲究的服饰上看出来。很显然，他们对来泡温泉的男青年都仔细研究过，因为他们怀着一种亲切的好奇心打量着我：彼得堡式样的外套迷惑了他们，但很快他们注意到了我佩戴着普通军人肩章，于是一脸不屑地转过身去。

当地权贵的太太们，也就是温泉的女主人们，比较和蔼可亲。她们手拿长柄眼镜，对军服并不介意。因为她们在高加索常常遇到热情而聪明的普通军人。这些太太们都很可爱，而且总是那么可爱！她们每年都要换一批新的崇拜者，也许这就是她们永远可爱的秘密所在吧。我顺着一条小路上行，去往伊丽莎白温泉。路上我超过了一群穿便装和军装的男人。后来我才知道他们是渴望水疗的人当中比较特殊的一类。他们喜欢喝，但不是水，很少出来散步，追女人也只是逢场作戏。他们赌钱，却埋怨日子无聊。他们都是花花公子，他们把绑好的杯子放入硫黄泉井里的时候，都摆出一副斯文的样子。穿便服的都系着浅蓝色领带，穿军装的领子里都露着褶边。他们非常看不起外省人家，却又感慨不能成为京城贵族人家的座上宾。

终于到了矿泉井口……在井边的小广场上建了一幢红顶的小屋，里面是温泉浴池，稍远处是一条游廊，供人们在下雨的时候憩息。几个受伤的军官收起拐杖，坐在长凳上，一个个脸色苍白，神情忧郁。几位贵妇在广场上来来回回地快步走着，期盼着体验水疗的功效。她们当中有两三个姿色还不错。在马舒克山坡上葡萄藤隐蔽的小道上不时闪现出花花绿绿的小帽，那是喜欢独处的情侣们在走动，因为在这样的小帽旁边我总能看到一顶男帽，要么是军帽，要么是难看的圆帽。在一个峭壁上有一座亭子，叫作“风弦琴”。喜欢看风景的人站在那里，用望远镜观看厄尔布鲁士山。其中有两个带着学生来治疗淋巴腺结核病的家庭教师。

我气喘吁吁地在悬崖旁边停住脚步，靠在一座小房子的一角，开始欣赏周围美丽的景色。这时身后突然响起一个熟悉的声音：

“毕巧林！来这儿很久了吗？”

我回过身一看：原来是格鲁什尼茨基！我们拥抱了一下。我和他是在战斗部队里认识的。他腿上中了子弹，大概一个星期前来到这里疗伤。

格鲁什尼茨基是一个士官生。服役才一年，却比较浮夸地穿着一件士兵的厚大衣，佩戴一枚士兵的圣乔治十字章。他身材不错，皮肤黝黑，一头乌发。看上去有二十五岁，实际年龄还不到二十一岁。他说话的时候总是仰着头，不时地用左手捻着小胡子，因为右手拄着拐杖。他说起话来语速很快，而且喜欢玩弄辞藻。有些人对生活中的一切都能说出一些冠冕堂皇的套话，他们难以被单纯美好的东西打动，却煞有介事地装作怀有非凡的情感、崇高的激情，而且遍尝人间痛苦。格鲁什尼茨基就是这样的人。哗众取宠是他们最大的快乐，那些浪漫的外省女人偏偏喜欢这一套，对他们痴迷不已。到老的时候他们要么变成安分的地主，要么变成酒鬼，有时候两者兼具。他们的内心常常有很多美好的品质，但缺乏诗意。格鲁什尼茨基酷爱高谈阔论，只要话题一超出日常寒暄的范围，他就滔滔不绝地说个没完。我根本没办法和他争论，他从来不回应你的反驳，他基本不听你说话。只要你一停下来，他就开始长篇大论，乍一听和你说的似乎有点联系，但实际上他只是在自说自话。

他说话相当俏皮。他的俏皮话往往引人发笑，但从来说不到点子上，也不够恶毒。他不能用一句话打中人家要害，他不了解别人也不知道他们的弱点在哪里，因为他一辈子只关心自己。他的目标是成为小说中的英雄。他常常竭力使别人相信，他不是一个凡夫俗子，他生来注定要经历一些不为人知的磨难。他说得如此言辞灼灼，甚至连自己都快相信了。正是因此他才那么骄傲地穿着士兵的厚大衣。我看透了他，所以他并不喜欢我，尽管表面上我们关系非常密切。格鲁什尼茨基勇猛过人，我亲眼见识过他战场上的表现：挥舞着马刀，大声呐喊，眯缝着眼睛向前冲去。不过这有点不像俄罗斯人的勇敢！……

我也不喜欢他。我预感我们总有一天会狭路相逢，而且必有一人不得善终。

他之所以来高加索，也是他罗曼蒂克式狂热的结果。我相信，他离开家乡前夕，一定会一脸忧郁地对某个漂亮的女邻居说，他不是去当兵，而是去寻死，因为……这时候他一定会用手捂住眼睛，继续说道："不，您（或者你）不该知道这件事！您纯洁的心灵会发抖的！而且有什么必要呢？对您来说我算什么？您能懂我吗？……"以及诸如此类的话。

他亲口对我说，他进入K团服役的原因只有他和老天知道。

不过，格鲁什尼茨基不演悲情戏的时候还是蛮可爱蛮有趣的。我喜欢看见他跟女人们在一起，因为在那种时刻他会非常卖力。

我们像老友那样重逢。我开始向他打听温泉上的生活方式，以及都有哪些名人在此。

“我们的生活相当平淡，”他叹口气说。“那些早晨喝矿泉水的，都像病人一样萎靡不振，那些晚上喝酒的，又像所有健康人那样让人讨厌。太太小姐们是有的，可是并不令人满意：她们成天打惠斯特牌，穿着毫无品位，而且说一口蹩脚的法语。今年从莫斯科来的只有里戈夫斯卡娅公爵夫人和她女儿，可是我并不认识她们。我这件士兵大衣就是不受欢迎的标志，它博得的同情就像施舍一样让人难受。”

这时候两位美女从我们身边经过，走向矿泉井。一位上了年纪，另一位年纪轻轻，身量苗条。她们的脸被帽子遮住，我没有看清，但她们的穿戴却极有品位，没有丝毫多余的东西。那个年轻的身穿一件珍珠灰的高领连衣裙，柔嫩的脖颈上围一条飘逸的丝巾。深褐色的皮鞋紧紧裹住她那双小巧的玉足，如此之可爱，甚至不懂美之奥秘的人都会惊叹不已。她轻盈而优雅的步态具有某种少女的风韵，虽然难以言状，却可以观赏领会。当她经过我们身边时，飘来一阵难以言喻的芳香，就像可爱女人送来的便签上的香味。

“这就是里戈夫斯卡娅公爵夫人，”格鲁什尼茨基说，“跟她一起的是她女儿梅丽。公爵夫人给她起了一个英国名字。他们刚来三天。”

“可是你已经知道她的名字了？”

“哦，我是偶然听到的，”他红着脸答道。“老实说，我并不想和她们认识。这些傲慢的贵族把我们当兵的都看成野蛮人。她们才不关心印有编码的军帽下是不是长着一颗聪明的脑袋，厚厚的军大衣里面是不是包裹着一颗火热的心。”

“可怜的大衣！”我嘲笑道。“现在朝她们走过去，殷勤地递给她们杯子的先生是谁啊？”

“哦！这是莫斯科的花花公子拉耶维奇！他是个赌徒：你只要看看他蓝色马甲上晃悠的那条大金链子就明白了。他那根粗手杖，简直跟鲁滨逊的一模一样！而且胡子和发型都像个庄稼汉。”

“你仇视全天下的人啊。”

“这是有原因的……”

“哦！真的吗？”

这时候两位淑女离开井边，正在经过我们身边。格鲁什尼茨基连忙借助拐杖摆了一个有趣的造型，并大声用法语说道：

“亲爱的老兄，我憎恨人类是为了不鄙视他们，不然的话，生活就成了一出令人生厌的闹剧。”

漂亮的公爵小姐转过头，用好奇的目光看了说话者很久。她的眼神令人难以捉摸，但并没有嘲讽的意味。所以我由衷地为他感到庆幸。

“这个梅丽公爵小姐真是太美了，”我对他说。“她有一双天鹅绒般的眼睛，没错，就是天鹅绒般的。我劝你谈到她眼睛时一定要用这个形容词。她的上下眼睫毛真长，以至于阳光都照不进她的瞳仁。我喜欢这双眼睛，没有锋芒，而是非常柔和，仿佛在抚摸你一般……而且，我觉得她脸上毫无瑕疵……你说她牙齿白不白？这一点很重要！可惜，她听了你的精彩言论并没有报之一笑。”

“你谈论一个漂亮女人就像在谈论一匹英国马一样。”格鲁什尼茨基愤然说道。

“亲爱的，”我竭力模仿他的腔调答道：“我鄙视女人是为了不去爱她们，要不然的话，生活就成了一出荒诞不经的狗血剧。”[1]

我转过身径自走开了。我顺着葡萄藤下的小路，沿着石灰岩和岩石间的灌木丛走了半个小时的光景。天开始热起来，于是我赶紧返回住处。经过硫黄泉的时候，我在有顶的游廊边停了下来，想借着阴凉歇息片刻。这让我有机会亲眼见识了一场好戏。出场人物的位置是这样的：公爵夫人和莫斯科的花花公子正坐在游廊里的长凳上，两人似乎在谈一个严肃的话题。公爵小姐大概已经喝完了最后一杯矿泉水，正在井边若有所思地踱着步。格鲁什尼茨基站在井边。小广场上再没别的人了。

我走近些，躲在游廊的一角。这时候格鲁什尼茨基失手把杯子掉在了沙地上，他努力弯腰去捡，可是那条受伤的腿妨碍了他。可怜的人儿！他拄着拐杖，不管想什么办法，都是白费气力。他那张表情丰富的脸上真的现出了痛苦之色。

这一切梅丽公爵小姐看得比我更清楚。

她比小鸟更轻盈地飞到他身边，弯腰拾起杯子，递给他。那姿态简直美得不可方物。随即，她满脸飞红，回头

---

〔1〕此处原文为法文。

看了一眼游廊，确定妈妈什么也没看见，这才安下心来。格鲁什尼茨基刚要开口道谢，她已经走远了。一会儿她跟着妈妈和那个花花公子从游廊出来，经过格鲁什尼茨基的时候，却是一副庄重严肃的表情，连头都没回一下，也没注意到他一直用火辣辣的目光盯着她，直到她下了山，消失在林荫道上的椴树后面……但她的小帽子在街上一闪而过，她跑进了五峰城一栋豪华宅邸的大门里。公爵夫人走在她后面，在大门口与拉耶维奇躬身作别。

这时我们可怜而多情的士官生才发现我也在场。

“你都看见了？”他紧紧握着我的手说，“简直是天使！”

“为什么？”我装作非常天真的样子问。

“难道你没看见吗？”

“不，我看见了：她捡起你的杯子。如果旁边是个看门人，他也会这么做的。而且会做得更快，这样他可以得到几个酒钱。不过很显然，她是可怜你：你拖着伤腿走路的时候，表情实在惨不忍睹……”

“难道当她脸上闪现出真诚热情的那一刻，你都一点没动心吗？”

“没有。”

我没说真心话。我是想激怒他。我天生喜欢和人作对。

我这一生就是在不断地与心灵或理智作对，结果往往以失败告终。和热情的人相处，我就变得冷若冰霜；我想，要是经常跟一个萎靡不振的人交往，我没准会变成一个狂热的幻想家。我还得承认，这一刻我心头掠过一丝熟悉的不爽的感觉。这种感觉就是嫉妒。我勇敢地说出“嫉妒”两字，因为我从不自欺欺人。一个年轻人（当然是生活在上流社会的虚荣惯了的年轻人）遇到了一个能打动他空虚心灵的漂亮女人，可是眼见她突然又垂青另一个同样素昧平生的男人，我想他很难泰然处之的，而且未必能找到这样大度的年轻人。

我和格鲁什尼茨基默默地下了山，沿着林荫道走过美人儿进入的那栋宅邸的窗口。她坐在窗边。格鲁什尼茨基拽了一下我的手，暧昧而温情地看了她一眼。其实这种眼神对女人没什么作用。我用长柄眼镜对准她，发现她看到他的眼神时莞尔一笑。但看到我拿着长柄眼镜打量她时，她大为生气。可不是，一个高加索军人竟敢公然拿着眼镜看莫斯科的公爵小姐！……

5月13日

今天早晨一个医生来看我。他叫维尔纳，但他是俄罗斯人。这有什么奇怪的？我还认识一个叫伊万诺夫的德国人。[1]

维尔纳在许多方面都很优秀。他像几乎所有的医生一样，是个怀疑论和唯物论者。但同时又是个诗人，而且是位真正的诗人，——行动上永远是诗人，言谈上常常是诗人，尽管一辈子连两行诗都没写过。他研究人类心灵的一切情感波动，就像人家研究尸体的血管一样。但他从来不善于运用自己的知识：就像有时候一位优秀的解剖学家也不会医治疟疾。维尔纳常常暗中嘲笑病人，但我有一次看见他对着一个垂死的士兵抹眼泪……他很穷，梦想成为百万富翁，但是并不会为金钱越雷池一步。他有次对我说，与其施恩于朋友不如施恩于敌人。因为这意味着出卖自己的善心，而如果对敌人越大度，那么仇恨便会越深。他说话很尖刻：在他的冷嘲热讽下不止一个好人被说成是庸俗的傻瓜，他的对手们，温泉上那些嫉妒他的医生们散布流言，说他画漫画讽刺自己的病人，——病人们气坏了，于是几乎没人再找他看病。他的朋友，就是那些在高加索服务的正派人都积极帮他恢复名誉，可是没有用。

有些人的长相乍一看并不招人喜欢，但是当你的眼睛

[1] 维尔纳一般是德国人的姓，而伊万诺夫一般是俄罗斯人的姓。

能从他不端正的五官上看到一颗饱经风霜的崇高心灵时，你就会喜欢上他。维尔纳就是这样一个人。有很多例子证明，女人会如痴如醉地爱上这样的人，宁可要他们丑陋的容颜，也不要恩底弥翁式[1]的俊美小鲜肉。我们必须为女人们说句公道话，她们具有辨识心灵美的本能，也许正是因为这一点，像维尔纳这样的人才会如此热爱女人。

维尔纳个头矮小，身形瘦弱，像个孩子。一条腿比另一条腿短，跟拜伦一样。和身体相比，他的脑袋偏大：他通常剪短发，暴露出凸凹不平的头盖骨，而上面纵横交错的沟壑常常让颅相学家大为吃惊。他那双乌溜溜的小眼睛很不安分，总是想看透你的心事。他的衣着整洁时尚，青筋暴露的瘦削小手在浅黄色手套的掩盖下显得挺好看。他的上装、领带和背心总是黑色的，因此青年人称他为“靡菲斯特”。他对这个绰号装作很生气的样子，实际上它满足了他的虚荣心。我们俩很快熟识，并成了好朋友。一般来说我不擅长交友，两个朋友当中总有一个是另一个的奴仆，尽管通常谁都不会承认这一点。当奴仆我是不干的，但发号施令在这种情况下也是一件令人头疼的事情，因为在这

〔1〕 希腊神话中的牧羊人，以相貌俊美著称。

个过程中免不了要欺骗对方。何况我自己有的是奴仆和金钱！我们是这样成为朋友的：我在C地一群许多吵闹的青年当中遇见了维尔纳，在晚会将要结束的时候，我们聊到了哲学形而上的话题，大家谈起了信仰问题，每个人都有自己的信仰。

“至于我，我只坚信一点……”医生说道。

“相信什么？”我问道，想知道一直沉默的他有何高见。

“我相信，”他答道，“我迟早会在一个美好的早晨死去。”

“我比您还多相信一点，”我说。“除了你说的以外，我还相信，我是在一个倒霉的夜晚出生的。”

大家都以为我们是在胡说八道。但事实上他们当中谁也说不出比这更聪明的话。从这一刻起我们便惺惺相惜了。我们常常聚在一起，一本正经地讨论一些不着边际的问题，直到两人都发现大家不过是在相互愚弄。这时我们会意味深长地看一眼对方，像西塞罗所说的古罗马占卜官那样，然后开始哈哈大笑，笑够之后两个人满意而归。

维尔纳走进我房间的时候，我正躺在沙发上，双手抱着后脑勺，盯着天花板发呆。他把手杖放在墙角，坐到圈椅里。打了一个哈欠说，外面天热了。我回答说，苍蝇让我不得安宁。然后大家就都不说话了。

“亲爱的医生，我想提请您注意，”我说，“世界上要是没有傻瓜，生活就太没意思了……您看，我们两个都是聪明人，我们早就知道，任何事都可以无休止地争论下去，所以我们不争论。我们几乎知道对方的一切隐秘思想，一句话在我们听来就是一个完整的故事，我们能透过三层外壳看见对方情感的核心。可悲的事情我们觉得可笑，可笑的事情我们觉得可悲。但说句实在话，我们除了自己之外，对一切都相当冷漠。所以我们之间不可能有思想和感情的交流，因为我们想知道的关于对方的一切，我们都知道了，更多的我们也不想知道。所以我们在一起只剩下八卦新闻了。那就随便给我讲点新闻吧！”

我说话说累了，闭上眼睛，打了个哈欠。

他想了想答道：

“在你这通胡言乱语中倒是听出了一个想法。”

“两个！”我答道。

“您说一个，我说另一个。”

“好，您先来！”我说完继续看着天花板，心里暗笑。

“您想知道来温泉疗养的某个人的底细，而且我已经猜出您关心的人是谁了，因为人家已经在打听您了。”

“医生！我们绝对用不着交谈，因为我们太清楚对方心里想什么了。”

“现在该您说第二个了……”

“第二个想法是这样的：我想让您说点什么，因为第一，听别人讲话不那么累；第二，不会说漏嘴；第三，可以知道别人的秘密；第四，像您这样聪明的人，更喜欢被人听，而不是听人说。现在言归正传，里戈夫斯卡娅公爵夫人对您说了什么关于我的话？”

“您确定是公爵夫人……而不是公爵小姐？”

“完全确定。”

“为什么？”

“因为公爵小姐问的是格鲁什尼茨基。”

“您的判断力不错。公爵小姐说，她相信，这个穿士兵大衣的年轻人是因为决斗而被降为士兵的……”

“我希望您让她保留了这种愉快的错觉……”

“那是自然。”

“好戏开场了！”我兴奋地叫了起来：“让我们静观这场喜剧如何收场吧。命运果然爱我，不会让我的日子过得无聊。”

“我有一种预感，”医生说，“可怜的格鲁什尼茨基将成为您的牺牲品……”

“您接着说，医生……”

“公爵夫人说，她觉得您有些面熟。我提醒她说，也许她在彼得堡的某个社交场所见过您……我说了您的名字……她知道您的名字。看起来您的故事在那儿引起不小的轰动……公爵夫人说起了您的事迹，除了上流社会的流言蜚语，她还加上了自己的看法……她女儿听得津津有味。您在她的心目中已经成了流行小说中的英雄了……我没有反驳公爵夫人，尽管知道她说的完全不对。”

“您真够朋友！”我向他伸出手说。医生热情地握了我的手，继续说道：

“如果您愿意，我介绍你们认识……”

“那不行！”我两手一拍道：“难道英雄需要介绍吗？他们总是在千钧一发之际救出自己心爱的人从而和她结识的……”

“那您是真的打算去追求公爵小姐吗？……”

“不，恰恰相反！……医生，我终于赢了：您这次没懂我！不过这也让我感到难过，医生。”我沉默了一下，继续说，“我从来不主动袒露自己的秘密，却非常喜欢让别人看破我的秘密。因为这样我永远可以在必要时否认。但是您应该给我说说这母女俩，她们到底是怎样的人？”

“首先，公爵夫人年纪在四十五岁左右，”维尔纳说，“她的胃极好，但血液不行：两腮有红斑。她的后半辈子是在莫斯科度过的，无忧无虑的生活让她发福了。她喜欢黄色笑话，女儿不在屋里的时候，她有时也会说一些不太文雅的事情。她对我说，女儿像鸽子一样天真无邪。这关我什么事？我想告诉她，让她放心，我对谁也不会说的。公爵夫人是来治风湿病的，可她女儿天知道是来治什么毛病。我让她们每人每天喝两杯矿泉水，每周洗两次温泉浴。公爵夫人似乎并不喜欢指使别人，她敬重女儿的智慧和知识，因为女儿能读拜伦的英文原著，还懂代数。看来如今莫斯科小姐们都在潜心学问，而且干得不错。这就对了！我们的男人一般都不讨人喜欢，因此要一个聪明的女人向他们卖弄风情是办不到的。公爵夫人非常喜欢年轻人，而公爵小姐则有些瞧不起他们。这是莫斯科的风尚！莫斯科的年轻姑娘只和四十岁的幽默男人交往。”

“您去过莫斯科吗，医生？”

“去过，我在那儿给人看过病。”

“接着说。”

“哦，我好像已经说完了……对了！还有一点：公爵小姐好像很喜欢讨论情感和欲望之类的问题……她在彼得堡呆了一冬天，但不喜欢这个城市，尤其是社交界。想必是受到了冷遇。”

“您今天在她们那儿没遇见别人吗？”

“有的。有一个副官，一个古板的近卫军，还有一个新来的太太，是公爵的亲戚，非常漂亮，但看样子病得不轻……您在矿泉井边没见过她吗？中等个头，金发，五官端正，脸色像肺痨病人，右边脸颊上有一颗黑痣，她的面部表情相当丰富，这让我很是吃惊。”

“黑痣！”我自言自语道。“真的吗？”

医生看了我一眼，把手放到我胸口，得意地说：“您认识她……”我的心确实比平时跳得快。

“这回轮到您赢了！”我说。“不过我相信您不会出卖我。我还没见到她，但我相信从您的描绘中我认出了一个从前爱过的女人……别在她面前提我一个字，如果她问起，您就只管说我的坏话好了。”

“好吧！”维尔纳耸耸肩说。

他走了以后，一阵悲伤涌上我的心头。是命运让我们在高加索重逢，还是她特意赶来，知道会在这里遇见我？……我们可怎么见面啊？……还有，究竟是不是她呢？……我的预感从来没有欺骗过我。世界上没有人比我更容易被往事牵绊，任何有关过往悲欢的消息都会让我情不自禁，陷入回忆而不能自拔……我天生愚钝：什么都忘不了，忘不了！

下午6点左右我走到林荫道上，那边已经聚集了一堆人。公爵夫人和小姐坐在一条长凳上，周围都是争相献殷勤的年轻人。我在不远处的另一条长凳上坐下，叫住两个熟识的军官，开始跟他们聊了起来。显然我讲得很有趣，他们开始像疯子一样傻笑不止。公爵小姐周围有几个人被笑声吸引过来，渐渐地其余的人也相继离开她，加入到我的圈子。我不停地讲着，我的笑话俏皮到近乎愚蠢，我对路过的古怪人物大肆嘲讽，极尽挖苦之能事……我一刻不停地逗乐听众，直到太阳下山。有几次公爵小姐挽着母亲的手，在一个瘸老头的陪伴下从我身边经过，当她的眼光落在我身上，尽管努力装出满不在乎的样子，却还是流露出恼怒的神色……

“他给你们讲什么了？”她问一个出于礼貌回到她身边的年轻人。“想必是很有趣的事情吧：是不是在讲自己立下的赫赫战功？……她说的声音很大，显然是要故意刺我一下。“好哇！”我想，“您可是真生气了，亲爱的小姐，等着吧，好戏还在后头呢！”

格鲁什尼茨基像只猛兽似的盯着她，眼睛须臾不离她左右。我敢打赌，明天他一定会找人把他介绍给公爵夫人。她会非常高兴，因为她寂寞得很。

5月16日

接下来的两天里，我的事情有重大进展。公爵小姐恨死我了。有人已经把她对我的几句讽刺话转告给了我，的确相当刻薄，但也是对我莫大的恭维。她感到特别奇怪的是，像我这么一个习惯和上流社会人士交际的人，并且跟她彼得堡的堂姐妹和姑妈关系又那么好，为什么不想和她结识。我们每天都在矿泉井边和林荫道上碰面，我想尽一切办法把她的崇拜者们——英俊帅气的副官们、面色苍白的莫斯科人以及其他人等吸引过来，几乎每次都能成功。我一般不喜欢在家招待客人：现在却每天高朋满座，大家一起吃午饭、吃晚饭、打牌。哈哈，我的香槟酒战胜了她那双迷人的眼睛！

昨天我在契拉霍夫商店遇见了她。她正在为一条精美的波斯地毯与店主讨价还价。公爵小姐求她妈妈别吝啬钱，这条地毯会为她的书房增色不少！……我多出了 40 卢布买下了这块地毯，因此遭到了公爵小姐怒火中烧的白眼。午饭时分，我故意叫人牵着我那匹盖着这条毯子的契尔克斯马从她窗前走过。维尔纳当时正好在她家，他说这一幕产生的效果实在是太有戏剧性了。公爵小姐想号召一批人来对付我，我甚至发现，当她在场时，已经有两个副官对我相当冷淡了，但是他们仍然天天在我这里吃饭。

格鲁什尼茨基做出一副神秘的样子：背着手走来走去，任何人都不搭理。脚突然好了，几乎不瘸了。他找了个机会和公爵夫人搭上了话，并对公爵小姐说了句恭维话。她显然不那么挑剔了，因为从此以后开始对他的问候报以最亲切的微笑。

“你一点都不想和里戈夫斯卡娅一家认识吗？”昨天他问我。

“一点都不想。”

“得了吧！她们可是温泉上最讨人喜欢的一家！本地最优秀的人物都聚集在她们家……”

“我的朋友，我连本地人也讨厌。你去她们家吗？”

“还没去过。我只和公爵小姐说过两三回话，不好意思冒冒失失就上人家家里去，尽管这里对此并不见怪……假如我是军官的身份，那就另当别论了……”

“得了吧！你装出这副样子不是更好吗！你只是不会利用自己的有利地位……穿一件士兵大衣，你在任何一位多情的小姐眼里就会成为一个英雄，一个受难者。”

格鲁什尼茨基得意地笑了。

“听你胡说！”他说道。

“我相信，”我继续说道，“公爵小姐已经爱上你了。”

他脸红到耳根，有些忘乎所以了。

哎，虚荣心！你可真是阿基米德想翘起地球的杠杆！

“你总是开玩笑！”他装出生气的样子说。“首先，她还不怎么了解我……”

“女人只爱那些她们不了解的人。”

“可我完全没想去讨她的欢心，我只是想结识一个可爱的家庭，如果我心存某种奢望，那未免也太可笑了……可是你们就不一样了！你们是彼得堡的胜利者，只需一个眼神，女人们就会为你们倾倒……你知道吗，毕巧林，公爵小姐是怎么说你的？”……

“怎么？她已经跟你谈起我了？……”

“你可别得意。有一次，我偶然和她在井边闲谈起来，还没说上两句，她就问：‘那位目光让人不舒服的先生是谁啊？他跟您在一起，就是那天……’她脸红了，不愿意说出自己做好事的那个日子。‘您不需要说出那个日子，’我对她说，‘那个日子我一辈子都忘不了……’毕巧林，我的朋友！我可没办法向你祝贺，她对你的印象很不好……唉，真可惜！因为梅丽太可爱了！……”

需要说明一下，格鲁什尼茨基是这样一种人，当谈到女人的时候，即使跟她不怎么熟，但只要是他喜欢的人，他都会口口声声称人家“我的梅丽，我的索菲”。

我装出一副认真的样子回答他：

“是啊，她长得不错……不过你要当心，格鲁什尼茨基！俄罗斯的小姐们多半追求的是柏拉图式的爱情，并不掺杂嫁人的念头。可是柏拉图式的爱情是最折磨人的。公爵小姐属于这样一种女人，她们一心只希望别人给她们消愁解闷，她跟你在一起只要有两分钟感到无聊，你就死定了。所以你的沉默应该引起她的好奇，你的谈话永远不要满足她的好奇。你要不停地撩拨她。她会十次公开为了你而不顾舆论谴责，并称之为牺牲。而且为了奖赏自己的牺牲精神，她会不停地折磨你，最后会直接说她受不了你。如果你不能掌控她，那么你吻她一次并不意味着你能吻她第二次，她向你卖弄够了风骚，一两年之后就会听从妈妈的话嫁给一个丑八怪，然后让你相信，她并不幸福，她只爱过一个人，那就是你，但是老天不想成全你们，因为你只是一个穿士兵大衣的武夫，尽管在这厚厚的灰大衣下面跳动着一颗热情而高贵的心……”

格鲁什尼茨基一拳砸在桌子上，开始在房间里走来走去。

我内心乐开了花，甚至有两次脸上露出笑意，幸亏他没发现。很显然，他已堕入爱河，因为他变得比以前更加轻信。他甚至弄了一只镶乌银的戒指，本地货。这戒指让我觉得有些可疑……我仔细打量了一番，你猜怎么着？戒指的内圈上竟用小小的字母刻着“梅丽”两个小字，旁边还刻着她为他捡起杯子那天的日期。我没告诉他自己的发现，不想逼他坦白。我想让他主动把我当作心腹朋友，那时我就可以坐享……

…………

今天我起得很晚，到井边的时候，已经一个人都没有了。天热了起来，白色的棉花云迅速地从雪山那边飘来，预示着将有暴雨。马舒克山顶云雾缭绕，好像一支刚熄灭的火炬，灰色的云朵在山前受阻，像蛇一般缠绕匍匐在山的四围，仿佛挂在山上的灌木从中。空气中充满了雷电的气息，我沿着葡萄藤隐蔽的小路一直往山洞走去，心里有些伤感。我在想医生跟我提起的那个脸上有黑痣的年轻女人……她怎么会在这里？是不是她？为什么我会觉得是她？为什么我会如此笃定？脸上有黑痣的女人少吗？我这样想着，不知不觉来到了山洞洞口。我定睛一瞧，洞顶形成的阴影里有个女人坐在石凳上，带着草帽，披着黑色披巾，头垂在胸前，草帽遮住了她的脸。我正想转身离开，免得打扰她的沉思，这时她朝我看了一眼。

“薇拉！”我不由一声惊呼。

她哆嗦了一下，脸上变得煞白。“我知道您在这儿。”她说。我坐到她身边，握住她的手。一听到她可爱的声音，我全身的血管又掠过一阵久违的战栗。她抬起那双深邃安详的眼睛看看我，目光中露出猜疑和责备的神色。

“咱俩好久没见了。”我说。

“很久了，而且我们都变了很多！”

“这就是说，你不再爱我了？……”

“我嫁人了！”她说。

“又嫁人了？可是几年前这个理由不也存在吗？可是当时……”

她把手从我的手里抽了出来，脸上泛起红晕。

“也许你很爱第二任丈夫吧？”

她扭过头去，没有回答。

“要么是他很爱吃醋？”

她仍没作声。

“究竟怎样？他年轻漂亮，一定很有钱，于是你担心……”我看了她一眼，吃了一惊：她脸上现出极度绝望的表情，眼里闪动着泪花。

“你告诉我，”她终于开口了，“你这样折磨我是不是感到很快乐？我应该恨你才对。从我们相识以来，你除了痛苦什么也没给过我……”她的声音颤抖着，弯身凑近我，把头靠在我胸前。

我心里想：“欢乐如过眼烟云，悲伤才刻骨铭心……也许你就是因为这个缘故才爱我的吧。”

我紧紧地拥抱了她，就这样我们坐了很久。最后我们的嘴唇贴在了一起，开始了热烈而令人销魂的长吻。她的双手冰凉，额头发烧。接着我们之间展开了一场谈话。这种谈话诉诸笔端便失去了意义，无法复述，甚至无法记住：声音的意义取代并补足了语词的意义，就像意大利歌剧那样。

她坚决不肯让我跟她丈夫认识，就是那个我在林荫道上见过一眼的瘸腿小老头。她是为了儿子才嫁给他的。他很有钱，但是有风湿病。我决心不说任何取笑他的话，因为她像尊重父亲一样尊重他，但是会像欺骗丈夫一样欺骗他……人心简直是非常奇怪的东西，尤其是女人的心！

薇拉的丈夫，谢苗·瓦西里耶维奇·格……夫，是里戈夫斯卡娅公爵夫人的远房亲戚。他住在她隔壁，所以薇拉经常去公爵夫人家玩。我向她许诺要结识里戈夫斯卡娅一家并追求公爵小姐，以转移别人对她的注意。这样一来，我的计划丝毫不受影响，而且我还会很快活！

快活！……是啊，我已经过了那个内心渴望幸福、必须强烈而狂热地爱恋某人的阶段。现在我只想被爱，而且只被个别人爱。我甚至觉得，只要人家能长久地眷恋我就足够了。人心的习惯是多么卑微啊！

有一点我一直觉得很奇怪：我从来不做所爱女人的奴仆，相反，我总是能够绝对控制她们的意志和心灵，根本不用费什么力气。为什么会这样？是因为我从来对什么都无所谓而她们却时刻担心失去我吗？抑或是我强壮身体的磁性在起作用？还是我一直没遇到性格坚强的女人？

不过说实话，我确实不喜欢个性很强的女人：女人要那么强的个性做什么？

对了，现在我想起来了，有一次，也是唯一的一次我爱过一个意志坚强的女人，我始终也没能征服她……我们不欢而散，——假如我晚个五年遇到她，也许分手会是另一种情形……

薇拉有病，而且病得很厉害，尽管她自己并不承认。我担心她得的是肺结核或者是法语称为fievre lente[1]的病——这不是俄罗斯人的病，俄语里没有这种病的名称。

一阵雷雨又让我们在山洞里多呆了半小时。她没有强迫我发誓表忠诚，也没问我两人分开后我是否爱过别的女人……她又像过去那样毫无芥蒂地信任我。我也不会欺骗她：她是世界上唯一一个我不能欺骗的女人。我知道我们很快又会分手，也许永远不再见面，两个人分道扬镳，直至末路。但是对她的回忆将永远神圣地留在我的心里。我

---

〔1〕法语：慢性热病。

常常对她这样说，她也相信我，尽管嘴上说不。

最后我们相互道别。我长时间地目送着她，直到她的帽子消失在灌木和岩石后面。我的心痛苦地收缩着，像我们第一次离别时那样。哦，我多么喜欢这种感觉！难道是青春带着激情又要回到我身上吗？抑或这只是青春的回光返照，是它送别纪念的最后礼物？但是一想到我的外貌还像个孩子，就感觉好笑：脸色虽然苍白，但还鲜嫩，四肢灵活匀称，头发浓密卷曲，眼睛闪亮，热血沸腾……

回到住处，我骑上马奔向草原。我喜欢骑上一匹骏马，迎着旷野的疾风，在荒草丛生的草原上驰骋。我贪婪地呼吸着芬芳的空气，极目远方蔚蓝的天际，看着远处物体朦胧的轮廓变得越来越清晰。置身这样的场景，不管心里多么难过，思绪如何纷乱，在这一刻突然一切都消散不见。内心变得轻松，身体的疲劳战胜了焦虑。看着南方太阳照耀下的葱郁青山，看着蔚蓝纯净的天空，或者是听着瀑布跌落悬崖的哗哗声，任何女人的眼神我都会忘得一干二净。

我想，在瞭望塔上打哈欠的哥萨克人，一定会对我漫无目的的骑行感到费解。因为他们看我的穿着一定会以为我是契尔克斯人。确实有人对我说过，我穿上契尔克斯人的服装骑马的时候，比很多卡尔巴达人更像卡尔巴达人。

没错，穿上这件高贵的战斗服，我便成了一个地道的花花公子：没有一处金饰是多余的，名贵的武器装饰简洁大方，皮帽上的毛不长不短，靴筒和皮靴都十分合脚，外衣是白色的，长袍是深褐色的。我花了很多工夫研究山民的骑马姿势，因为最能满足我虚荣心的事，莫过于我的马术获得高加索山民的认可。我养了四匹马，一匹自己骑，三匹给朋友骑，免得我一个人在田野里溜达太无聊。他们欣然接受了我的马，可从来不和我一起骑行。等我想起该吃饭的时候，已经是下午6点了，我的马儿已疲惫不堪。我骑着它拐上一条大道，这条路从五峰城通向德侨居留区，来温泉疗养的人经常去那儿野餐。道路在树丛中蜿蜒而行，往下通到几个小峡谷里，那儿溪流潺潺，芳草萋萋，周围群山环抱，耸立着碧蓝的贝什图山、蛇山、铁山和秃山，仿佛一座半圆形的露天剧场。我下到这样一个本地人称为“山沟”的小峡谷里，停下来准备饮马。这时大道上突然出现了一群骑马游玩的漂亮男女，女士们穿着黑色和蓝色的骑装，男士们则穿着契尔克斯式和下诺夫哥罗德式的混合装。走在最前面的是格鲁什尼茨基和梅丽公爵小姐。

温泉上的太太小姐们还相信契尔克斯人会在白天来袭击。也许是因为这个缘故，格鲁什尼茨基在士兵大衣外面还挂了一把马刀和两支手枪。他这身英雄装扮看上去非常可笑。我正好身处一丛高灌木后面，他们看不见我。而我可以透过灌木枝看清他们的一举一动，通过他们的面部表情，我猜到他们正在讲一个伤感的话题。终于他们来到了下坡的地方，格鲁什尼茨基抓住了公爵小姐的马缰。于是我听到了他们谈话的尾声：

"那么您想一辈子都呆在高加索吗？"公爵小姐说。

"俄罗斯对我有什么意义？"她的骑士答道，"那儿有成千上万的人，因为他们比我有钱就看不起我，而这里，在这里我穿一件士兵大衣并不妨碍我同您认识……"

"正好相反呢……"小姐红着脸说。

格鲁什尼茨基的脸上露出得意的神情，继续说道：

"这儿，在野蛮人的枪弹下，我的生活惊险刺激，时间不知不觉就飞快地过去了。如果上帝每年赐我一个女人明亮的眼波，就像那……"

这时候他们已经走到了我近前，我抽了马一鞭子，从灌木丛中蹿了出来……

"Mon dieu, un circassien!…"〔1〕公爵小姐惊叫一声。

为了让她打消顾虑，我向她微微躬身，用法语说道：

〔1〕 法语：上帝啊，契尔克斯人！——作者注。

“Ne craignez rien, madame, – je ne suis pas plus dangereux que votre cavalier.”[1]

她不好意思起来，因为什么呢？是由于自己的错误，还是因为她觉得我的回答太无礼？我倒希望是后一种。格鲁什尼茨基不满地瞪了我一眼。

深夜时分，大约11点左右，我到椴树林荫小道去散步。城市已经睡了，只有几个窗口还亮着灯光。三面都是马舒克山支脉黑黢黢的峭壁，山峰上横着一片不祥的云。月亮在东面升起，远处的雪山像银色的流苏一样闪闪发光。哨兵的吆喝声与夜间温泉的流水声响成一片。时而有马蹄声在街道上响起，伴随着诺盖人马车的嘎吱声和鞑靼人凄凉的小调。我在一条长凳上坐下，沉思起来……我觉得必须找个朋友谈谈心……但是找谁呢？……这会儿薇拉在做什么？我心里想……如果能在这一刻握着她的手，我宁愿付出高昂的代价。

突然我听到一阵急速而忙乱的脚步声……肯定是格鲁什尼茨基……果不其然！

“你从哪儿来？”

---

〔1〕法语：别害怕，小姐，我并不比陪伴您的那位骑士更危险。——作者注。

“从里戈夫斯卡娅公爵夫人家里，”他煞有介事地说，“梅丽唱得太好啦！……”

“你知道吗，”我对他说，“我敢打赌，她不知道你是一个士官生，她以为你是被降级为士兵的……”

“很有可能！不过这和我有什么关系！……”他漫不经心地说道。

“是啊，我只是随便说说……”

“你知道吗，你今天可把她气坏了？她认为这是闻所未闻的无礼之举。我好容易才让她相信，以你的教养和对上流社会的了解，绝不会是在存心侮辱她。她说，你的眼神放肆无礼，绝对是非常自负的人。”

“她说得对……你不想为她辩护吗？”

“很遗憾，我还没有这个权利……”

“嗬！”我心想，“看来他已经有所期待了……”

“不过，这对你更不利，”格鲁什尼茨基继续道，“现在你已经很难和她们再结识了，太可惜了！她们一家是我认识的人当中非常令人愉快的一家……”

我心中暗笑。

“对我来说，现在最令人愉快的是我家。”我打了个哈欠，起身要走。

“可是你说实话，你后悔吗？”

“笑话！只要我想，明天晚上就会出现在公爵夫人家里……”

“走着瞧喽……”

“而且，为了让你开心，我甚至要去追求公爵小姐……”

“好啊，只要她愿意跟你开口讲话……”

“我坐等你的谈话让她厌烦的那一刻……再见！……”

“我还要出去逛逛，现在我一点儿也不想睡……听着，跟我去饭馆里坐一会儿吧，那边可以赌钱……我现在需要刺激……”

“祝你输钱……”

我回住处了。

5月21日

过了差不多一个星期了，我还没有和里戈夫斯卡娅一家认识。我在等恰当的时机。格鲁什尼茨基如影随形地跟着公爵小姐，他们有说不完的话：什么时候他才会让她厌烦？……母亲对此并不在意，因为他还不是未婚夫。这就是母亲的逻辑！我有两三次捕捉到她充满柔情地注视着格鲁什尼茨基，这种情况应该结束了。

昨天薇拉第一次出现在井边……自从我们在山洞里相

遇之后，她就没有出过家门。我们同时去井里打水，她趁俯下身的时候，小声对我说：

“你就是不肯和里戈夫斯卡娅一家认识！……我们只有在那里才能见面……”

这是责备！……真没劲！但我活该……

事有凑巧：明天将在饭店大厅举办共筹舞会，我要和公爵小姐跳一曲玛祖卡舞。

5月22日

饭店大厅变成了贵族俱乐部大厅。9点钟人都到齐了。公爵夫人和女儿是最后一批到的。许多女宾带着嫉妒和敌意看着梅丽公爵小姐，因为她打扮得非常优雅。那些自命为本地贵族的人，都藏起妒意，向她围了过去。有什么办法呢？有女人的地方，立即就会分出雅俗两个圈子。格鲁什尼茨基站在窗口下的人群当中，脸贴着玻璃，目不转睛地盯着自己的女神。她经过的时候，向他微微点了点头。他立马像太阳般灿烂起来……舞会以波兰舞开场，接着响起了华尔兹。于是马刺叮当作响，裙裾轻舞飞扬。

我站在一位头上插着粉色羽毛的胖太太身后，她华丽的衣裙让人想起箍骨裙的时代，而她粗糙皮肤上的斑斑点点则让人想起用黑色塔夫绸做美人斑[1]的幸福时代。她脖子上最大的一个疣子被项链的饰扣遮住。她对自己的舞伴——一个龙骑兵大尉说：

“这个里戈夫斯卡娅公爵小姐是个极可恶的黄毛丫头！您想想，她撞了我一下都不道个歉，反而转过身拿着长柄眼镜瞧瞧我……C’ est impayable![2]她神气个什么啊？真该教训她一番……”

“这个好办！”殷勤的大尉说着就走到另一个房间去了。

我立即走到公爵小姐跟前，邀请她跳华尔兹。我利用了男士可以请陌生女士跳舞的当地习俗。

她好容易才忍住没笑并收起她得意扬扬的神情，但很快就装出一副十分冷淡甚至严厉的样子。她漫不经心地将手搭在我的肩上，微微地侧着头，我们开始跳了起来。我从来没有接触过比这更肉感更柔软的腰肢了！她清新的气息不时掠过我的脸庞，在华尔兹的旋风中有时会有一绺头发飘逸出来，划过我滚烫的脸颊……我跳了三圈（她华尔兹跳得好极了），她娇喘吁吁，双眼迷离，半张的嘴唇勉强

---

〔1〕 欧美曾流行用黑色塔夫绸在妇女脸上做成黑斑，称为“美人斑”。
〔2〕 法语：简直太可笑了！

轻轻地吐出几个字："Merci, monsieur."[1]

我们默默跳了几分钟后，我装出最恭顺的样子对她说：

"公爵小姐，尽管您不认识我，但我听说，我已经不幸得罪您了……您认为我粗鲁无礼……难道是真的吗？"

"那您现在想在我这里得到证实吗？"她做了一个嘲讽的表情来回答我，不过这表情和她灵动的面容倒是很相称。

"如果我在什么地方无礼地冒犯了您，那么请让我更无礼地请求您宽恕……老实说，我特别想向您证明，您关于我的看法是错的……"

"这您可不容易办到……"

"为什么呢？"

"因为您不到我们家里来，而这样的舞会大概也不会经常举办。"

我心想，她这么说就意味着她们家的门对我永远关上了。

"您知道吗，公爵小姐，"我有点沮丧地说，"永远不要拒绝一个忏悔的罪人，因为他绝望之后可能犯更大的罪行……到那时……"

---

〔1〕法语：谢谢，先生。

周围的哄笑声和私语声惹得我回过头去，同时也打断了我的话。离我几步远的地方站着一群男人，其中就有刚才那个龙骑兵大尉，正对可爱的公爵小姐做出非常不友善的举动。他似乎做了件特别得意的事，搓着手哈哈大笑，和自己的同伙们挤眉弄眼。突然他们当中有一个穿燕尾服、留着长胡子的红脸先生趔趔趄趄地向公爵小姐走来，看得出他喝多了。他在不知所措的公爵小姐跟前站住，背着双手，用浑浊无光的眼睛盯着她，沙哑着嗓子说道：

“请您允许……何必来这一套！……就是请您跳一支玛祖卡舞……”

“您想怎样？”她声音颤抖着说，向周围的人投去求助的目光。可惜她母亲在远处，近前一个熟悉的舞伴也没有。一个副官似乎看到了这一切，但是躲进了人群之中，免得卷入这场是非。

“怎么？”醉汉向那个怂恿他的龙骑兵大尉挤挤眼，说道，“难道您不愿意吗？……我再次斗胆请您跳玛祖卡舞……也许您以为我喝醉了吧？这没关系！我向您保证，会跳得更顺畅……”

我看到，她由于害怕和愤怒几乎要晕过去了。

我走到醉汉跟前，强硬地抓住他的手，盯着他的眼睛看了一会儿，请他走开。我告诉他，公爵小姐早就答应和我跳玛祖卡舞了。

“哦，那没办法！……下次再跳吧！”他笑了笑说道，然后走到他那帮灰头灰脸的同伙面前。他们立即把他带到另一个房间去了。

我因此得到的奖励是她深情而销魂的目光。

公爵小姐走到她母亲面前，对她讲述了刚刚发生的事。她母亲在人群中找到我表示感谢。她告诉我，她认识我母亲并和我几个姨妈关系不错。

“我不知道是什么缘故，我们之前一直不认识对方，”她接着又说，“可您得承认，这全是您的过错，您怕见生人，这样的人还真少见。我希望，我家客厅的空气能驱散您的烦恼……对吧？”

我对她说了一句在这种场合下人人都会说的应酬话。

卡德里尔舞跳了好半天。

最后大厅终于响起了玛祖卡舞曲，我和公爵小姐坐了下来。

我绝口不提刚才那个醉汉，不提我之前的行为，更不提格鲁什尼茨基。刚才不愉快的一幕已经被她渐渐忘却，她的小脸容光焕发，非常可爱地开着玩笑，她说话很俏皮，但不矫揉造作，而是生动自然，她的见解有时候非常深刻……我用非常隐晦的语言告诉她，我早就喜欢她了。她低下头，脸上微微泛起红晕。

“您真是个怪人！”她抬起那双天鹅绒般的眼睛望着我，不自然地笑着说。

“我之前不想和您认识，”我接着说，“是因为您周围总是聚集着一大堆崇拜者，我担心自己夹在他们中间会被完全淹没。”

“您的担心是多余的！他们都是些无聊透顶的人……”

“都是吗？难道全是一样的？”

她凝视着我，仿佛在努力回想着什么，然后又微微涨红了脸，决绝地说道：“都是！”

“甚至包括我的朋友格鲁什尼茨基？”

“他是您的朋友？”她有点不相信地问道。

“是的。”

“他，当然不属于无聊的一类……”

“但属于不幸的一类。”我笑着说道。

“当然！您觉得好笑吗？我倒希望您能设身处地地替他想一想……”

“那有什么？我自己也曾是个士官生，说实话，那是我一生中最美好的时光！”

“难道他是个士官生？……”她随即问道，接着补充了一句：“我还以为……”

“您以为什么？……”

“没什么！……那位女士是谁？”

话题随即转换，我们再也没提此事。

这时玛祖卡舞结束了，我们互道再见。女士们都各自散去……我去吃晚饭，遇到了维尔纳。

“啊哈！”他说，“原来是您！您还想通过救公爵小姐于危难之间的方式认识她吗？”

“我做得比这更棒，”我对他说，“我是在舞会上她即将昏倒的时刻救了她。”

“这是怎么回事？快跟我说说！”

“不，您自己猜，世间的事没有您猜不着的！”

5 月 23 日

晚上 7 点左右我在林荫道上散步。格鲁什尼茨基老远看见我，走了过来：他眼里闪耀着某种可笑的兴奋之情。他紧紧地握住我的手，动情地说：

“谢谢你，毕巧林……你明白我说什么吗？……”

“不明白，但不管怎么说都不值得感谢。”我答道，真心觉得没做什么好事。

“怎么？昨天的事呢？难道你忘了？……梅丽都跟我说了……”

“什么，难道你们现在已经不分彼此了吗？连感谢都是共同的？……”

“听我说，”格鲁什尼茨基一本正经地说，“如果你还是我的朋友的话，请不要再拿我的爱情开玩笑了……你也看到的，我爱她爱到发狂……我想，我希望，她也爱我……我有一事相求，你今天晚上会去她家，请答应我帮我观察一下。我知道你在这方面经验丰富，你比我懂女人……女人啊，女人！谁能猜透她们的心思？她们的微笑和眼神是互相矛盾的，她们说出的话语甜蜜诱人，可是说话的语调分明是在拒绝……有时候她们瞬间便能猜到我们最隐秘的思想，有时候却不明白最明显的暗示……就拿公爵小姐来说吧：昨天她的眼睛还热辣辣地看着我，今天却变得冷漠无光了……

“这大概是因为洗了温泉浴吧。”我答道。

“什么事你只看到坏的一面……真是个唯物论者！”他轻蔑地说了一句。“不过，让我们换一种物质[1]吧。”他说了一句蹩脚的双关语，开心不已。

8点多钟，我们一起去往公爵夫人家。

---

〔1〕 俄语里“物质”一词又可作“话题”解。

经过薇拉家窗户的时候，我看见她在窗边。我们匆匆地交换了眼色。她在我们之后不久也来到了里戈夫斯卡娅家的客厅。公爵夫人把我介绍给她，仿佛她是自家亲戚。我们一起喝了茶，客人来了很多，大家都在一起聊天。我努力取悦公爵夫人，说着笑话，好几次逗得她开怀大笑。公爵小姐不止一次想笑，但是她忍住了，免得损害她的淑女形象。她觉得自己适合忧郁的表情，也许她是对的。格鲁什尼茨基似乎很开心，因为我的逗趣并没有感染到她。

喝完茶后大家都来到大厅。

“我这么听话，你满意吗，薇拉？”我走过她时说道。

她用充满爱意和感激的眼神回答了我。我已经习惯了这样的眼神，但曾几何时，这样的目光让我感到无上幸福。公爵夫人让女儿坐在钢琴前，大家都请求她唱首歌。我没作声，趁大家哄闹的机会和薇拉走到窗前，她想说一些对我们两人关系重大的话……结果只说了些废话……

当时公爵小姐对我的冷淡态度甚为不快，这一点是我从她闪着怒火的一瞥中看出来的……我太了解这种尽管无声但异常简洁有力的情感表达了！……

她开始唱了起来：她的嗓音不错，但唱得不好……其实我并没有听。可是格鲁什尼茨基站在她对面，用手肘支在钢琴上，目不转睛地盯着她，不时地用法语轻声说：Charmant! Delicieux![1]

“听我说，”薇拉对我说道，“我不希望你跟我丈夫认识，但你一定要公爵夫人喜欢你，这对你一点儿也不难：你想做的事都能做到。我们只能在这儿见面……”

“只能在这儿？……”

她脸红起来，继续说：

“你知道，我是你的奴隶。我从来不会违抗你……而我也将因此受到惩罚：你终将离我而去！所以我想至少要维护好自己的名誉……不是为自己，这一点你很清楚！……哦，我求你别再像以前那样用无谓猜忌和故作冷漠来折磨我，我也许活不了多久，我感觉身体一天比一天虚弱……尽管如此，我还是无法考虑自己的未来，我想的只有你……你们男人不理解一个眼神和一次握手的幸福……我可以向你发誓，只要我听到你的声音，我就感到一种深刻的、奇妙的幸福，就连最热烈的亲吻也无法代替这种幸福。”

这时候梅丽小姐唱完了，周围发出一片赞扬声。我最

---

〔1〕 法语：太迷人了！太美妙了！

后一个走到她面前，对她的歌喉随意敷衍了两句。

她一嘟嘴，做了个鬼脸，非常滑稽地给我行了一个屈膝礼。

“我倒是很荣幸，”她说，“您完全没听我唱歌，不过您可能不喜欢音乐吧？……”

“正相反……尤其是饭后。”

“格鲁什尼茨基说得对，他说您趣味极其庸俗。我也发现了，你是在美食的层面喜爱音乐……”

“您又错了：我根本不是美食家。我的胃很糟糕。但饭后听音乐有助于睡眠，而饭后小睡有益健康。所以我是在医学的层面热爱音乐的。可晚上正相反，音乐又太刺激我神经了，让我变得要么非常悲伤，要么非常快乐。如果悲伤和快乐没有正当的理由，那么两者都容易让人疲劳，而且在公共场合悲伤是可笑的，可是过于快乐则有失体面……”

她没有听完便走开了，坐到格鲁什尼茨基身边，与他展开了一场温情脉脉的对话。不过公爵小姐看上去有些漫不经心，对他睿智的话语回答得牛头不对马嘴，尽管她努力装出一副认真在听的样子。看得出他有时候惊讶地看着她，试图猜出造成她神色不安的内在原因……

可是我能猜透您的心思，亲爱的公爵小姐。您还是小心为妙！您想用同样的办法来对付我，刺伤我的自尊心，——您不会得逞的！如果您向我宣战，我不会怜香惜玉的。

后来我好几次故意试图加入他们的谈话，但她对我说的话相当冷淡，最后我假装生气地走掉了。公爵小姐很高兴，格鲁什尼茨基也很得意。得意去吧，我的朋友们，抓紧时间啊……你们得意不了多久了！……有什么办法呢？我有一种预感……和一个女人认识的时候，我总能准确地猜到，她是否会爱上我……

晚上剩下的时间我是在薇拉身边度过的，畅谈往事……她为什么如此爱我，老实说我也不知道！何况她又是唯一彻底了解我、知道我所有缺点和恶习的女人……难道邪恶就这么迷人吗？……

我和格鲁什尼茨基一起出来。在街上他挽住我的胳膊，沉默良久后说：

“喂，怎么样？”

我想对他说，“你是个傻瓜！”但我忍住了，只是耸了耸肩。

5月29日

这几天我一直在不折不扣地执行自己的计划。公爵小姐开始喜欢听我聊天。我给她讲了我经历的几件奇事，她便认为我是一个不寻常的人。我嘲笑世上的一切，尤其是情感：这让她感到害怕。她当着我的面不敢和格鲁什尼茨基热聊，而且好几次对他的轻浮举动报以讥笑。可是每当格鲁什尼茨基过来找她的时候，我都会装出一副知趣的样子，让他们俩单独呆在一起。我第一次这么做的时候她很高兴，或者说表现得很高兴。第二次她就生我的气了，第三次她开始生格鲁什尼茨基的气。

“您这人太缺少自尊心！”她昨天对我说。“您为什么认为我跟格鲁什尼茨基在一起更快乐呢？”

我说，为了朋友的幸福我宁愿牺牲自己的快乐……

“可连我的快乐也牺牲了。”她加了一句。

我盯着她看了一会儿，装出一副严肃的表情。然后一整天没和她说一句话……到晚上的时候她显得闷闷不乐，今早在井边她看起来更加郁郁寡欢了。我走近她的时候，她正心不在焉地听着格鲁什尼茨基说话，他好像在赞叹美景。但是一看见我，便开始哈哈大笑起来（非常不自然），装作没看见我的样子。我走到一边，在远处偷偷地观察她：她转过身去，背着格鲁什尼茨基打了两个哈欠。很显然，她已经厌倦了格鲁什尼茨基。我决定接下来两天继续不跟她说话。

6月3日

我常常问自己，我为什么要如此执着地赢取这个年轻姑娘的爱呢？我既不想俘获她的芳心也不想和她结婚，那为什么我要想方设法吸引她的注意呢？薇拉对我的爱要远胜于梅丽公爵小姐可能对我的爱，如果说梅丽公爵小姐是一个难以征服的大美女，那么征服的快感也许会是我追求的动力……

可是根本不是这么回事！所以，这不是青春期折磨我们的、难以抑制的爱的冲动，这种冲动把我们从一个女人抛向另一个女人，直到我们找到一个讨厌我们的女人为止。这时候才真正地开始了我们持久的、永无止境的情欲，这种情欲在数学上可以用一条从一点引向空间的线来表示。这一永无止境的秘密就在于无法抵达终点，也就是说，这种情欲永无满足的时候。

可是我追求梅丽到底为了什么？是出于对格鲁什尼茨基的嫉妒？可怜虫一个！他根本不值得我嫉妒。或者是出于一种人类固有的卑劣情操，这种情操常常让我们去破坏身边朋友的甜蜜美梦，然后当他们在绝望时刻求教我们该相信什么时，我们可以不无快意地告诉他：

“我的朋友，我也经历过这些！可是你也看到了，我不是照样好好地吃饭、睡觉吗。我希望临死的时候也能不吭一声、不掉一滴泪呢！”

要知道，占有一颗年轻的、含苞待放的心灵真是有着莫大的快乐！年轻的心灵犹如一朵小花，在第一束阳光的照射下散发着醉人的芬芳。在这一刻要摘下这朵花，使劲闻个够，然后丢弃在路旁：说不定就被谁捡去了呢。我感觉到自己身上这种不知餍足的欲望，仿佛要吞噬人生之路上遇到的一切：我只是从我个人得失的角度来看待他人的痛苦与欢乐，把它们当作维持我精神力量的养料。我本人再也不会为情欲而疯狂，我的虚荣心被环境所压制，但是它以另一种形式表现出来，因为虚荣心无非是对权力的渴望，所以我最大的满足来自于让周围的一切服从于我的意志，让人家对我充满爱戴、忠诚和敬畏——这难道不是权力的首要标志和最大成就吗？没有正当的权力却能让他人因为你悲伤和欢乐，难道这不是滋养我们自尊心的最好养料吗？什么是幸福呢？就是自尊心的充分满足。如果我认为世界上我是最优秀的、最强大的，那么我肯定是幸福的；如果所有人都爱我，那么我会在自己身上找到永不枯竭的爱之源泉。恶产生恶，第一次痛苦让人意识到折磨别人的快感：邪恶的思想不可能进入人的头脑，除非他想把它变成行动。思想是有机的造物，有人说过：思想的产生已经伴有形式，这个形式就是行动。一个人脑中想法多，他的行动就比别人多。所以如果一个天才被束缚在办公桌旁，他不是死掉就是疯掉，就像一个体格强壮的人，如果终日无所事事，一定会死于中风一样。

情欲正像萌发阶段的思想：它们属于年轻的心灵。傻瓜才会认为人将终生被情欲所困扰：许多平静的河流都开始于喧闹的瀑布，但没有一条河流直到大海边的时候还奔腾咆哮，浪花飞溅。但这种平静常常是一种伟大而隐秘力量的标志，思想和感情的丰富深刻就意味着不会有疯狂和冲动：灵魂在痛苦和享乐的时候会明辨是非，相信一切应当如此。它知道，如果没有雷雨，太阳的炙烤会让它干枯；它深入地体验着自己的生活，抚慰自己，惩罚自己，像对待自己的爱子。一个人只有处在这样一种自我认知的最高境界，才能领会神的裁判。

当我重读这一页的时候，我发现跑题跑得太远了……可是这有什么关系？……我是在为我自己写日记，所以我写的一切，将来对我都是无比珍贵的记忆。

…………

格鲁什尼茨基来了，一把搂住我的脖子：他被提升为军官了。我们喝了香槟庆祝。维尔纳医生随后也来了。

“我不向您道贺。”他对格鲁什尼茨基说。

“为什么？”

“因为，士兵的大衣您穿着挺合适。而且您得承认，在温泉这儿缝制的步兵军官服并不会给您增添任何光彩……您没发现吗，在这之前您一直是个特殊人物，可现在又要和大家一样了。”

“说下去，说下去，医生！您不会影响我的心情。”格鲁什尼茨基低声在我耳边说了句：“他不知道，军官的肩章带给了我多少希望……哦，肩章，肩章！上面的小星星，就是指路的启明星……不！我现在非常幸福。”

“你愿意和我们一起去山坳那边散步吗？”我问他。

“我？在军官服没准备好之前，我绝不出现在公爵小姐面前。”

“要我把你的好消息告诉她吗？……”

“不用，请别说……我要给她一个惊喜……”

“你倒是跟我说说，你和她的事怎么样了？”

他有些发窘，犹豫起来。他想炫耀一下，吹吹牛，可是问心有愧，但他又不好意思坦白真相。

“你认为她爱不爱你？……”

“爱不爱？拜托，毕巧林，你想哪儿去了！……怎么可能那么快？……就算她爱我，作为一个正派女人也不会说出口的……”

“好！也许，你认为一个正派人对自己的爱情也要保持沉默喽？……”

“唉，老兄！凡事都有自己的路数，很多事只能意会、不可言传的……”

“说的是……不过从女人眼里看出来的爱情是不靠谱的，那么如果她们说出来……当心啊，格鲁什尼茨基，她在逗你玩儿……”

“她？”他抬眼看看天，得意地笑了笑，回答说，“我很同情你，毕巧林！……”

他说完就走了。

晚上有很多人都步行到山坳里去。

据本地学者说，这个山坳其实是一个熄灭了的火山喷发口。它位于马舒克山的缓坡上，离城一俄里，有一条蜿蜒在灌木和山崖之间的羊肠小道通向那里。爬山的时候我把一只手递给公爵小姐，接下来的路途中她始终没有放开我的手。

我们的谈话从议论他人的是非开始。我历数了在场和不在场的熟人，先是指出他们可笑的地方，然后又评点他们的种种劣迹。我越说越气愤，开始还只是开玩笑，最后动了真怒。起初她感到好笑，后来却害怕了。

“您真是一个危险的人！”她对我说，“我宁愿在林子里被人捅死，也不愿意被你的毒舌骂死……我郑重地请求你：当您想说我坏话的时候，最好先拿刀把我捅死，——我想这对您并不困难。”

“难道我像个凶手吗？……”

“您比凶手还坏……”

我沉吟了一下，随后装出一副深受感动的样子说：

“没错，我从小就是这样的命！大家都说我面相不善，其实不是。但大家都这么说，于是善也变得不善了。我谦虚谨慎，他们却说我狡猾，于是我变得畏首畏尾。我明辨善恶，可是没有人珍惜我，大家都侮辱我，于是我变得爱记仇了。我从小郁郁寡欢，别的孩子都开开心心、爱说爱笑。我觉得自己比他们高贵，人家却把我看得低贱。于是我就变得爱嫉妒了。我愿意爱整个世界，可是没有人理解我，于是我学会了仇恨。我晦暗的青春就是在我与自己和社会的斗争中流逝的。因为怕人嘲笑，我把自己最好的情感埋葬在心底，它们也就在那儿死去。我说实话——没人相信，于是我开始说谎。在深谙人情世故之后，我便精通了处世之道。可是我发现，其他人不懂此道也很幸福，轻而易举地就能享受到我费了很大气力才获得的那些好处，这让我心中顿生绝望。这种绝望不是手枪枪口能治愈的，而是一种冷冰冰的无助的绝望，虽然表面上对人友善，笑容可掬。我精神上残废了。我一半的灵魂已经不存在了，它干枯了，消散了，死亡了，我把它割下来扔掉。而另一半还在颤动，活着为每个人效力，可是谁也没有注意到这点，因为谁也不知道我曾经有过死去的那一半灵魂。可是您今天唤醒了我对那一半的记忆，我就为您读了它的墓志铭。很多人觉得墓志铭很可笑，但我不这么认为，尤其是想到墓志铭底下所埋葬的东西时。不过我并不要求您赞同我的看法，如果我的行为在您看来很可笑，那么您就笑好了：我预先向您声明，这一点都不会让我伤心。”

这一刻我看到了她的眼睛：里面涌动着泪水，她的手紧紧挽着我的胳膊，颤抖不已。她双颊发红，她在可怜我！同情是一种很容易打动一切女人的法宝，它的触角已经伸进了她不谙世事的内心。整个散步过程中她心不在焉，没和任何人调笑，这可是一个非常重要的征兆！

我们来到山坳里。女士们都抛下了自己的男伴，可她却没有放开我的手。本地花花公子们的俏皮话没有引得她发笑，她所站立的绝壁悬崖也没有让她害怕，而别的小姐们都吓得捂住眼睛惊声尖叫。

回返的路上我没有继续刚才那个忧伤的话题，但她对我的泛泛之谈只是简单地回应一下，显得心不在焉。

“您谈过恋爱吗？”我终于问她。

她认真地看了我一眼，摇摇头，又沉思起来。很显然，她是想说点什么，但又不知道从何说起。她的胸脯剧烈地起伏着……怎么办？薄纱衣袖没有什么防护功能，一道电流从我的手上传到她手上。几乎所有的激情都是这么开始的，可是我们却常常欺骗自己，以为女人爱的是我们的体格或精神，当然体格或精神是让她们的心接受这电光石火的前提，但真正起决定作用的却是第一次肌肤之亲。

“我今天很可爱，是不是？”当我们散步回来的时候，公爵小姐有些不自然地笑着对我说。

然后我们分手道别。

她对自己不满意，她责备自己太冷淡……哦，这是我最初的也是最主要的胜利！明天她肯定会补偿我。这一切我再清楚不过了，唉，这也正是无聊之所在。

6月4日

今天我见到薇拉了。她的嫉妒让我苦不堪言。看来，公爵小姐把她当作了吐露衷肠的对象：我不得不说，她可真会挑人！

“我可以猜到，这一切会朝什么方向发展，”薇拉对我说道，“你最好现在跟我直说，你爱她。”

“要是我不爱她呢？”

“那你为什么追求她，招惹她，惹得人家想入非非？……哦，我可是太了解你啦！听着，如果你希望我相信你，那么一周后你去基斯洛沃茨克！我们后天搬到那边去。公爵夫人会在这里继续呆一些日子。你去后在我们住所附近租一套房子，我们会住在温泉边上的一栋大房子里，我们住楼上，里戈夫斯卡娅公爵夫人住楼下，房东在旁边还有一个房子，目前还空着……你来吗？……”

我答应了，当天就派人去租下了那房子。

傍晚6点钟的时候，格鲁什尼茨基来找我，说他的军官服明天就准备好了，正好赶上舞会。

“我终于可以整个晚上都和她跳舞了……这下可以和她聊个够了！”他又补充道。

“舞会是哪天？”

“就是明天！难道你不知道吗？这可是一个盛大的聚会，本地长官举办的……”

“我们到林荫道上走走吧……”

“不去！穿着这件恶心的大衣……”

“怎么，你已经喜新厌旧了？……”

我一个人走了，半路遇到了梅丽公爵小姐，我约她明天舞会上跳玛祖卡舞。她有些受宠若惊。

“我还以为您和上次一样，只有万不得已的时候才跳呢。”她露出迷人的微笑说……

她似乎根本没有注意到格鲁什尼茨基不在场。

“明天您会有惊喜的。”我对她说。

“什么惊喜？”

“暂时保密……到舞会上您就知道了。”

我在公爵夫人家度过了整个晚上。除了薇拉和一个很滑稽的小老头外，她家没有别的客人。我兴致不错，即兴胡诌了几个稀奇古怪的故事。公爵小姐坐在我对面，聚精会神地听我胡说八道，眼神那么专注，那么温柔，搞得我都有点不好意思了。她的活泼，她的风情，她的任性，她傲慢的神情、轻蔑的微笑、飘忽的目光都到哪儿去了？……

这一切都被薇拉看在眼里：她病态的脸上现出深深的哀愁。她坐在窗边的阴影里，身子缩在宽大的圈椅中……我不由得可怜起她来……

于是我向大家讲述了我和她相识相恋的悲剧故事，当然用的都是化名。

我非常生动地描述了我的柔情、我的烦恼和喜悦，我把她的行为和性格说得非常好，想必她一定会不由自主地原谅我和公爵小姐的调情。

她站起来，坐到我们身边，变得活泼起来……我们直到夜里2点才想起来，医生让我们晚上11点就寝。

6月5日

舞会开始前半小时，格鲁什尼茨基穿着一身闪闪发光的陆军军官服来找我。衣服的第三颗纽扣上系着一根铜链，上面挂着一副带柄的双眼镜。两个肩章大得出奇，像爱神的翅膀一样向上翘着。脚上的皮鞋咔咔作响，左手拿着一双棕色皮手套和一顶军帽，右手不时地卷着额头上的一绺头发。脸上一副自鸣得意同时又有点不自信的表情。要是我心情好的时候，他那喜洋洋的外表和雄赳赳的步态一定会让我捧腹大笑的。

他把军帽和手套扔到桌上，动手拉直衣服后摆，在镜前整理着装。一条黑色大方巾缠着他那极高的领带衬，领带衬的鬃毛抵住他的下巴，黑巾露出领子有半寸宽，他还嫌露得太少，把黑巾一直往上拽到与耳朵齐平的地方。由于制服的领子又紧又不舒服，他拽得很吃力，满脸通红。

“听说，你这些天在拼命追求我的公爵小姐？”他故意不看我，随口说道。

“我们这些傻瓜哪配喝茶啊！”我用普希金讴歌过的从前一个最机智的浪子的口头禅来回答他。

“你说说，我这套军装合身吗？……唉，这该死的犹太佬！……腋窝底下是怎么裁的！……你有香水吗？”

“算了吧，你还要啊？你身上的玫瑰香已经够浓的了……”

“没关系。给我……”

他往领带、手帕和衣袖上喷了足足半瓶香水。

“你要跳舞吗？”他问。

“不跳。”

“我担心我和公爵小姐要从玛祖卡舞跳起，可我连一个花样都不会……”

“你约过她跳玛祖卡舞吗？”

“还没……”

“那得小心，别让别人抢在你的前头……”

“还真是，”他拍了一下额头，说道。“再见……我去大门口等她。”他抓起帽子就往外跑。

半小时后我也出门了。外面黑暗而冷清。俱乐部或者旅店周围挤满了人。窗子里灯火通明，晚风将军乐声送入我的耳中。我慢慢地走着，心里有些难过……我在想，莫非我活在世上的唯一使命就是毁灭别人的希望？自从我长大成人以后，不知怎的，命运总是让我参与别人的悲剧结局，仿佛没有我，谁也不会死，不会陷入绝望！我是戏剧第五幕[1]的关键人物，总是不由自主地扮演刽子手或叛徒的可怜角色。命运为什么要这么安排？……它是要让我去创作市民悲剧和家庭浪漫故事呢，还是当一个诸如《读书文库》[2]之类杂志的撰稿人？……何以得知？……很多人开始的时候都雄心勃勃，希望达到亚历山大大帝或拜伦勋爵的成就，可最终不过是做了一辈子九品文官……

进入大厅后，我躲在一群男人中间暗自观察。格鲁什尼茨基站在公爵小姐旁边，情绪激动地说着什么。公爵小姐心不在焉地听着，把扇子贴在唇边向四面观望，脸上现出不耐烦的表情，眼睛在人群中搜寻着什么。我偷偷走到他们身后，想听听他们在说什么。

“您在折磨我，公爵小姐，”格鲁什尼茨基说，“我没见你这段时间，您变化太大了……”

“您也变了，”她瞟了他一眼答道。格鲁什尼茨基并没有看出她眼神中暗含着讥笑。

“我？我变了？……哦，永远不会！您知道这不可能！谁只要见过您一次，就会永远记住您天使般的容颜……”

---

〔1〕 欧洲古典剧一般都是五幕，第五幕即最后一幕，大结局。
〔2〕 1834—1865 年在彼得堡出版的趣味庸俗的综合性月刊。

“别说了……”

“为什么您现在不愿意听不久前还乐于倾听的话呢？……”

“因为我不喜欢重复。”她笑着回答……

“哦，我大错特错了！……我这个傻瓜还以为，这副军官肩章至少能给我一些希望……不，我宁愿一直穿着那件让人看不起的士兵大衣，也许正是因为它我才引起了您的注意……”

“没错，您穿那件大衣要合适得多……”

这时候我走上前去，向公爵小姐行了个礼。她的脸上微微泛红，连忙说道：

“毕巧林先生，那件士兵灰大衣对格鲁什尼茨基先生是不是更加合适？……”

“我不敢苟同，”我答道，“他穿这身制服更显年轻。”

格鲁什尼茨基经受不了这种打击：他和一切小毛孩一样，希望别人把他们看得成熟一点。他以为他脸上那些深刻的情欲痕迹会代替岁月的痕迹。他恶狠狠地看了我一眼，跺了跺脚走开了。

“您得承认，”我对公爵小姐说，“尽管他一贯非常可笑，但不久前您还觉得他很有趣……他穿灰色士兵大衣的那阵儿……”

她有些不好意思地垂下眼睛，没有回答我。

格鲁什尼茨基整晚都缠着公爵小姐，要么和她跳舞，要么 vis-a-vis[1]。他目不转睛地盯着她，唉声叹气，他不停地哀求和抱怨让她感到厌烦。跳完第三支卡德里尔舞之后，她已经对他咬牙切齿了。

“我没想到你会这样。”他走到我跟前，抓着我的手说。

“怎么了？”

“你要和她跳玛祖卡舞？”他郑重其事地问我。“她都告诉我了……”

“哦，那又怎样？难道这是秘密吗？”

“当然……我早该料到这个黄毛丫头……这个骚娘们……我一定会报复的！”

“你该怪自己的士兵大衣或者是军官肩章，你怪她干什么？你已经不讨她喜欢了，这能怨她吗？……”

“那她为什么要给我希望呢？”

“你为什么要抱希望呢？想得到点什么，这我理解，可谁会因此而抱定希望？”

“这一局算你赢了，可是还没彻底赢。”他恶狠狠地笑

〔1〕 法语：面对面坐着。

着说。

玛祖卡舞开始了。格鲁什尼茨基只选公爵小姐跳，其他几个男舞伴也不断地请她跳。这明显是针对我的阴谋，不过这样更好：她想和我说话，但他们不给她机会，这样她就更想和我在一起。

我有两次握了她的手，第二次她把手抽了回去，什么也没说。

“今晚我要睡不好觉了。”玛祖卡舞结束的时候，她对我说。

“这都怪格鲁什尼茨基。”

“哦，不是！”她的表情变得凝重而忧郁，这让我下定决心今晚一定要吻她的手。

客人们开始散去。我把公爵小姐送上车的时候，快速地将她的小手放到我的唇边。天已黑，没人会看见这个举动。

我非常得意地回到了大厅。

一群年轻人正围着一张大桌子吃晚饭，格鲁什尼茨基也在其中。我进来后，大家都不说话了。显然，他们在议论我。很多人从上次舞会就开始记恨我了，尤其是那个龙骑兵大尉。现在看来，在格鲁什尼茨基的纠集下，已经形成了一个与我为敌的小团伙。瞧他那副狂妄大胆的神气……

我很开心，我爱仇敌，尽管不是基督教倡导的那种爱。他们给我解闷，让我热血沸腾。总是保持警觉，捕捉每一个眼神，猜测每一句话的意思，揣摩意图，揭穿阴谋，假装受骗，然后突然一击，粉碎苦心经营的阴谋大厦，这才是我所谓的生活。

在吃饭的这段时间里，格鲁什尼茨基和龙骑兵大尉一直在窃窃私语，交换眼色。

6月6日

今天一早薇拉和丈夫去基斯洛沃茨克了。我在去里戈夫斯卡娅公爵夫人家的路上遇到他们的马车。她冲我点点头，目光里满是责备。

这该怪谁呢？谁叫她不给我和她单独见面的机会？爱就像火一样，没有燃料就会熄灭。也许嫉妒能做到我的请求做不到的事情。

我在公爵夫人家坐了整整一个小时。梅丽没出来，她生病了。晚上她也没去林荫道。那个敌对我的小团伙个个拿着长柄眼镜，一副气势汹汹的样子。我很庆幸公爵小姐病了，否则他们不知会做出什么粗鲁无礼的事情。格鲁什尼茨基头发散乱，神情绝望。他似乎真的非常难过，尤其是自尊心受到伤害。可是世界上就是有些人，即使绝望的时候也很可笑！……

回家的路上，我发现自己有些失落。我没有见到她！她病了！难道我真的堕入爱河了？……真是荒唐！

6 月 7 日

上午 11 点钟，这个时候里戈夫斯卡娅夫人一般在叶尔莫洛夫浴室里蒸汗，我走过她们家。公爵小姐若有所思地坐在窗前，看见我，她倏地站了起来。

我走进前厅，一个人都没有。我利用当地的自由习俗，不经通报便直奔客厅。

公爵小姐可爱的脸上蒙着一层灰白色。她站在钢琴边上，一只手扶着椅背。手有些颤抖。我默默走到她跟前说：

“您在生我的气吗？……”

她抬起慵懒的眼睛，深情地看了我一眼，摇摇头。她的嘴唇像说什么，但没说出来。眼睛里满含泪水。她颓然坐到圈椅里，双手捂住脸。

“您怎么了？”我握住她的手问。

“您不尊重我！……哦！您放开我！……”

我后退了几步……她在椅子里直起身，眼睛闪着光芒……

我停了下来，抓着门把手说：

“请原谅我，公爵小姐！我的举动有些疯狂……下次绝不再这样了：我会注意检点的……您又何必要知道我心里一直以来的想法呢？您永远不会知道，这样对您更好。再见！”

我走的时候好像听见她哭了。

我在马舒克山周围一直闲逛到晚上，非常疲惫，一回到住所便瘫倒在床上。

维尔纳来了。

“听说您要娶里戈夫斯卡娅公爵小姐为妻，这是真的吗？”他问我。

“什么？”

“全城都在传，我所有的病人都在谈论这个重大新闻，这些病人啊，什么都知道！”

这是格鲁什尼茨基干的好事！我心想。

“医生，为了向您证明这个传言是假的，我私底下告诉你一个秘密，明天我要去基斯洛沃茨克……”

“公爵小姐也去吗？……”

“不去，她在这儿还要再待一个星期……”

“那您不结婚了？……”

“医生，医生！请您认真地看看我：我哪里像一个要结婚的人的样子？”

“我不是说这个……但是您知道，有一些情况……”他狡黠地笑了笑，继续说道，“遇到这些情况，一个高贵的人必须结婚了，而有些做妈妈的人至少事先没有料到会出现这种事……所以，作为朋友，我建议您小心为上。这儿温泉上的空气非常危险：我见过无数优秀的年轻人，他们本该有更好的命运，但却从这儿走上了婚姻之路……说来您也许不信，还有人想让我结婚呢！就是一个县城来的妈妈，她女儿脸色非常苍白。很不幸，我告诉她说，只要结了婚，脸色就会变好的。结果她满怀感激的泪水请求我娶她女儿，并许我她所有的财产——好像是50个农奴。但我告诉她，我对此爱莫能助……”

维尔纳走了，他坚信已经及时地警告了我。

从他的话里我发现，城里已经在散布我和公爵小姐的各种流言。我不会放过格鲁什尼茨基的！

6月10日

我到基斯洛沃茨克已经三天了。每天都能在井边和散步的时候看见薇拉。早晨醒来，我便坐到窗边，拿着长柄眼镜对准她的阳台。她早就穿好衣服，等着约定的暗号。从住处下到井边要经过一个小花园，我们一般在那里见面，装作不期而遇的样子。山里清新的空气让她恢复了脸色和体力，难怪纳尔赞被称为“大力士泉”。当地居民说，基斯洛沃茨克的空气容易引发爱情，在马舒克山脚下开始的一切浪漫故事，到这里往往会修成正果。的确如此，这儿远离尘世，充满神秘色彩——你看那浓密的椴树林荫道，下面的溪流奔腾喧闹着从一块巨石落向另一块巨石，在青翠的群山之间开辟出一条道路；你看那幽暗静谧的峡谷，其分支通向四面八方；你再闻闻那芬芳清新的空气，散发着南方茂草和刺槐的香气；还有那冰冷溪水催人入眠的叮咚声（这些溪流汇合于山谷尽头，然后互相追逐着向前奔涌，最后流入波德库莫克河）。从这边望去，峡谷更阔，变成一片青翠的凹地，上面一条沙土路蜿蜒伸向远方。每当我望向这条路，总是觉得有一辆马车在上面疾驰，车窗里露出一张粉色的小脸。这条路上已经有许多马车驶过，但那一辆始终没有出现。要塞后面的村子已经住满了人，离我住处不远的山岗上的旅店晚上也开始亮起灯光，闪烁在双排杨树之间。喧哗声和推杯换盏声一直响到深夜。

任何地方对卡赫金葡萄酒和矿泉水的消费都没有这儿大。

多少人把这两个行当

混为一谈，但我不在其列。[1]

格鲁什尼茨基和他的小团伙整天在酒馆里闹腾，他基本不和我打招呼。

他昨天才到，已经和三个老头吵过架了，因为他们想抢在他前面进入浴池。很明显，他的不幸已经激起了他身上好斗的脾性。

6月11日

她们终于来了。我正坐在窗边，听到她们马车的辘辘声，我不由地一阵激动……到底怎么回事？难道我爱上她啦？……我生来愚顽，这种事情有可能发生在我身上。

我在她们那儿吃了饭。公爵夫人非常温柔地看着我，而且寸步不离地守在女儿身边……这不好！而薇拉却为了我吃公爵小姐的醋。我终于获得了这样的幸福！女人为了让情敌伤心，什么事做不出啊？我记得有一个女人爱上我，就是因为我当时在爱着另一个女人。没有比女人的头脑更

〔1〕 格利鲍耶陀夫的喜剧《聪明误》中第三幕里的台词，引文不准。

匪夷所思的了：女人很难被说服，只能引导她们自己说服自己，她们用来消除自己偏见的论证方法也很奇葩，要学会她们的辩证法，应当摒弃自己在学校里学的一切逻辑规则。比如说，一般的逻辑是：

“这个人爱我，但我结婚了，所以我不能爱他。”

女人的逻辑是：

“我不能爱他，因为我结婚了，可是他爱我，所以……”

后面只能是省略号了，因为理智已经说不出什么了，主要说话的是舌头、眼睛，随后是心——如果有这种东西的话。

万一以后我这篇日记让女人看到，那会怎样呢？她们一定会气得大叫：“这是诽谤！”

自从有诗人开始写诗、女人开始读诗（为此要深深感谢她们）以来，她们无数次被称为天使，以至于她们居然天真地相信了这种恭维之词。她们忘了，同样是那些诗人，他们为了钱，可以把尼禄[1]吹捧为上帝……

我这样恶毒地说她们可能有些不合适，因为这世上除

[1] 尼禄（37—68），古罗马皇帝，以暴虐、放荡出名。

了女人我什么都不爱，我永远愿意为了她们牺牲安宁、功名和生命……可是我并不是因为懊恼和自尊心受伤才竭力要撕下她们身上那层只有老练的目光才能看透的神秘面纱。不是的，我所说的关于她们的一切，都是源自：

冷静观察的头脑
和备受煎熬的心灵[1]

女人们应该希望所有的男人都能像我这样了解她们，因为自从我不再害怕她们并深知她们的所有弱点以后，我对她们的爱反而增加了一百倍。

顺便说说，维尔纳前几天还把女人比作塔索[2]在《被解放的耶路撒冷》中所描绘的迷魂林。他说："你刚一接近，就有种种令人恐怖的东西从四面八方向你飞来，让你叫苦不迭：什么责任、尊严、体面、舆论、讥笑、蔑视……就应该不管不顾，勇往直前。渐渐地，这些怪物就会消失，你面前出现了一片宁静明亮的林中空地，其间一棵香桃木花开正艳。假如一开始就心惊胆战，那肯定转身就退回

〔1〕 引自普希金《叶甫盖尼·奥涅金》的献词。
〔2〕 塔索（1544—1595），意大利文艺复兴时期的诗人。

去了！”

6月12日

今晚发生了很多事。离基斯洛沃茨克大约三俄里的地方，在波德库莫克河流经的峡谷里，有一座叫“指环”的山崖。这是自然形成的一道大门，它耸立在一座高高的山岗上，夕阳透过门洞，将自己最后一抹霞光洒向人间。许多游客都骑马到那里，通过这个石门看落日美景。老实说，没有一个人在想太阳。我和公爵小姐并辔而行，回返的路上要涉水渡过波德库莫克河。山里最小的溪流都很危险，尤其是那变化多端的河床，由于波浪的冲刷，每天都在发生变化，昨天还有石头的地方，今天就变成一个深坑。我抓着公爵小姐坐骑的辔头，将马拉进齐膝深的水中，然后我们小心地斜逆着河水前行。大家都知道，在涉过湍急的河流时，不能看水，因为会引起头晕。我忘了提醒梅丽公爵小姐了。

我们走到水中央的时候，水流正急，这时她突然在马鞍上晃了一下。“我难受！”她声音微弱地说……我赶紧靠向她，用一只手揽住她柔软的细腰。“往上看！”我轻声对她说，“别担心，有我在。”

她感到好些了，想摆脱我的手，但我把她娇嫩柔软的细腰搂得更紧了。我的脸都快贴着她的脸了。她脸上飞起一片红晕。

“您这是干什么啊？……我的上帝！……”

我没有理会她的颤抖和羞怯，而是直接吻上她娇嫩的面颊。她浑身抖了一下，但没有说话。我们走在最后，谁也没看见这一幕。我们上岸的时候，前面的人都纵马疾驰而去了。公爵小姐勒住马，我留在她身边，看得出，我的沉默让她不安，但我暗自发誓不说一句话——这是出于好奇，我想看看她如何摆脱这种尴尬局面。

“您要么是瞧不起我，要么是很爱我！”她终于抽噎着说。“也许，您是想作弄我，玩始乱终弃的游戏……这太卑劣、太下作了，但愿只是我的想象……哦，不是这样的，对吗？”她用信任的口吻柔声说道。“我身上并没有任何让人瞧不起的地方，对吗？对您的无礼……我应该选择原谅，因为是我默许的……您回答啊，您说句话啊，我要听您的声音！……”她最后一句话流露出女人的急切心情，我不由得笑了。幸亏天已经黑了下来……我还是什么也没说。

“您不开口吗？”她继续道，“也许，您想让我先说我爱您？……”

我继续沉默……

“您想这样吗？”她急速向我转过身，继续说……她坚毅的眼神和笃定的语气里有某种可怕的东西……

“何必呢？”我耸耸肩答道。

她用马鞭抽了一下马，就在狭窄危险的道路上飞奔起来。这事发生得太突然，我好容易才赶上她，那时她已经和大部队在一起了。一路上她有说有笑，直到家里。她的举动有点神经质，始终不看我一眼。所有人都觉察到她这不同寻常的欢快表现。公爵夫人看着女儿的表现，心里暗喜。可是我知道她女儿其实是在发神经：她将会整夜无眠，莫名地哭泣。想到这里，我心里无比愉悦。在这样的时刻我体会到了吸血鬼的快乐……可人家还说我是好人，我也在努力赢取这一名声！

女士们下马后都去了公爵夫人那里。我心头激动难平，就策马向山里跑去，以驱散萦绕在脑际的种种思绪。多露的夜晚散发着沁人心脾的凉意，月亮从黑黢黢的山峰后面升了起来。我的马没有打铁掌，每走一步都在幽静的山谷里发出闷响声。我在瀑布边上饮了马，猛吸了两口南方夜晚清新的空气，便打道回返。我经过小村镇的时候，窗口的灯光已经在渐渐熄灭。要塞围墙上的哨兵和周围巡逻的哥萨克兵互相拖长了声调应和着……

村镇里一栋建在峡谷边上的房子引起了我的注意。里面灯火通明，不时传出杂乱的说话声和叫嚷声，显然是军人们在饮酒作乐。我下了马，偷偷走到窗边。我透过没有关紧的护窗板看见了里面的人，并听到他们的谈话。他们正在谈论我。

龙骑兵大尉喝得满脸通红，一拳砸在桌子上，叫大家注意。

“诸位！”他说道，“这太不像话了。要好好教训一下毕巧林！这帮彼得堡的兔崽子们不知天高地厚，你要不砸扁他们的鼻子，他们总是神气得不得了！他以为只有他一个人在上流社会混过，整天戴着干净的手套，穿着锃亮的皮靴。”

“还有他那目空一切的笑容！可我坚信他就是个胆小鬼，没错，胆小鬼！”

“我也这么认为，”格鲁什尼茨基说，“他喜欢用玩笑话搪塞。我有一次对他说过类似的话，要是换作别人，当场就会砍掉我脑袋的。可毕巧林却一笑了之。我当然没有继续惹他，因为这是他的事，再说我也不想找麻烦……”

“格鲁什尼茨基嫉恨他是因为，他抢走了他的公爵小姐。”有人说。

“真是无稽之谈！我的确追求过公爵小姐，但很快就放手了，因为不想结婚，而去损害一个姑娘的名誉也不符合我做人的原则。”

“是的。我要请你们相信，天下第一号胆小鬼，是毕巧林，而不是格鲁什尼茨基，格鲁什尼茨基是好样的，他是我真正的朋友！”龙骑兵大尉又说，“诸位！这儿没人为他说句话吗？一个也没有？那更好！你们想不想试试他的胆量？这会让大家开心的……”

“想啊，可是怎么试呢？”

“那你们听好了：格鲁什尼茨基特别恨他，那就让他做主角！他得在什么事上找个碴儿，要求跟毕巧林决斗……你们看，关键就在这里……他要求决斗，好极了！那么所有该做的事，挑战啦，准备啦，讲条件啦，都要做得郑重其事，让人害怕。这个由我负责，我将做你决斗的副手，我可怜的朋友！好！只是玄机在这里：我们不往手枪里装子弹。我敢向你们保证，毕巧林一定害怕——我给他们规定六步的距离，吓死他！你们同意吗，诸位？”

“绝妙的主意，同意！怎么会不同意呢？”从四面八方传来大家的赞同声。

“你呢，格鲁什尼茨基？”

我迫不及待地等着格鲁什尼茨基的回答，心里恶狠狠地想，如果不是这个偶然的机会，我就成了这帮傻瓜的笑料了。要是格鲁什尼茨基不答应，我会冲上去搂住他的脖子。但一阵沉默之后，他从自己的座位上站起来，向大尉伸出一只手，非常郑重地说：“好，我同意。”

这伙正派人欢天喜地的神情难以诉诸笔墨。

我怀着两种不同的感情回到了家。一种是悲伤，为什么他们所有人都仇恨我？我在想，为什么啊？我得罪过谁吗？没有啊。难道我属于仅凭相貌就招人烦的那种人吗？我感觉到，一种恶毒的仇恨正渐渐充溢着我的心间。您小心着点儿吧，格鲁什尼茨基先生！我在房间里来回踱着步说：不能这么和我开玩笑。您会为您那些糊涂朋友们的起哄付出沉重代价的。我可不是您手中的玩物！

我整夜没睡。天亮的时候我的脸色黄得像酸橙。

早晨我在井边遇见了公爵小姐。

“您病了吗？”她仔细地看看我，说。

“我夜里失眠了。”

“我也是……也许，我错怪您了？只要您解释一下，我一切都可以原谅……”

“一切吗？……”

“一切……只要您说实话……不过要快一点儿……您知道，我想了很多，努力为您的行为找到解释和开脱，也许您是害怕我的家人干涉……这没关系。一旦他们知道了……（她的声音颤抖起来）我会恳求他们同意的。也许是您自己的处境……您要知道，我为了所爱的人可以牺牲一切……哦，您快回答我，可怜可怜我吧……您没有瞧不起我，对吧？”

她抓住了我的手。

公爵夫人和薇拉的丈夫走在我们前面，她什么也没看见。可是这儿散步的病人可能看见我们，他们都是最爱搬弄是非的好事之徒。所以我连忙将手从她热烈的手掌中抽了出来。

“我这就告诉您实话，”我对公爵小姐说，“我不准备为自己辩解，也不解释自己的行为。我不爱您。”

她的嘴唇微微发白……

“您走吧。”她含混地说道。

我耸耸肩，扭头走了。

6月14日

我有时候很鄙视自己……是不是因此我也鄙视别人？……我已经不再能产生高尚的冲动了，我怕自己都觉得自己可笑。换作他人恐怕早就向公爵小姐献上son coeur et sa fortune[1]。但是“结婚”一词对我有某种魔力：不论我爱一个女人爱得多么狂热，如果她让我感到我应该和她结

〔1〕 法语：自己的心和自己的命运。

婚，那么，永别了，我的爱人！我的心就会变成石头，任何东西都不能使它再热起来。我愿意牺牲一切，只有结婚是例外。我会二十次地把自己的生命甚至名誉押作赌注……但绝不出卖我的自由。为什么我会如此珍视自由？我需要它做什么？……我要投身何处？我对未来有什么期许？……老实说，什么都没有。这是一种与生俱来的恐惧，不可名状的预感……因为有些人莫名其妙地害怕蜘蛛、蟑螂、老鼠……要我坦白吗？……我小的时候，一个老太婆当着我母亲的面给我算了一卦，她说我将死于恶妻之手。这话当时把我吓得不轻：我内心就对结婚这件事产生了无法克制的厌恶……而且，还对我说，她的预言将会应验。所以我至少应该努力让它晚一点应验才是。

6 月 15 日

昨天魔术师阿普费尔巴乌姆来这儿了。饭店门口出现了一张很长的海报，通知最可爱的观众们，上述这位惊人的魔术师、杂技演员、化学家和光学家将于今晚 8 点在贵族俱乐部（即饭店内）献上精彩的演出。票价两个半卢布。

大家都打算去看神奇魔术师的表演。连里戈夫斯卡娅公爵夫人也不顾生病的女儿，为自己买了一张票。

今天午饭后我经过薇拉的窗前，她一个人坐在阳台上，我的脚前掉落一张纸条：

“今晚9点以后走大楼梯来找我，我丈夫去五峰城了，明天上午才回来。我的仆人和随从都不会在家，我给他们每人都买了票，连公爵夫人的仆从也都给了票。我等你，一定要来。”

“啊哈！”我心想，“果然不出我所料。”

8点钟我去看魔术师表演。9点前观众都到齐了，表演开始。我看到薇拉的仆从们都坐在后排，所有的人都来了。格鲁什尼茨基坐在第一排，拿着一个长柄眼镜。魔术师每当需要手帕、手表、戒指等东西的时候，都会找他借。

格鲁什尼茨基见我不打招呼已经有段时间了，今天居然相当无礼地看了我几眼。等我们以后算总账的时候，他会想起这一切的。

快到10点的时候我起身出了大厅。

外面漆黑一片。周围的山顶上阴云密布，偶尔吹来一阵轻风，将饭店四周的杨树树梢吹得哗哗作响。饭店的窗口挤满了人。我从山上下来，一转弯进入大门，加快了脚步。突然我觉得后面有人跟着。我停下来打量着四周。黑暗中什么都看不清。为了小心起见，我装作散步，围着房子转了一圈。经过公爵小姐窗前的时候，我又听到身后有脚步声，一个裹着大衣的人从我身边跑过去。这让我心中不安起来，但是我还是悄悄走到台阶那儿，匆匆跑上黑暗的楼梯。门打开了，一只小手抓住了我的手……

“没人看见你吧？”薇拉偎依着我，小声说。

“没人！”

“现在你相信我爱你了吧？唉，我忧郁了好久，痛苦了好久……但你现在可以随便摆布我了。”

她的心跳得很厉害，双手冰凉。她开始各种责难、各种吃醋、各种抱怨。她要求我向她坦白一切，说她可以无怨无悔地承受我的背叛，因为唯一的愿望就是让我幸福。我不太相信她的话，但还是用誓言和许诺来安慰她。

“那就是说你不会娶梅丽了？你不爱她吗？……可她以为……你知道吗，她可是疯狂地爱着你，可怜的人儿！……”

…………

大约半夜两点的时候，我打开窗户，把两条披巾系在一起，拉着它，顺着柱子从楼上的阳台下到楼下阳台。公爵小姐房间里还亮着灯。我不由自主地走到她的窗前。窗帘没有拉严，我出于好奇就往房间里看了一眼。梅丽坐在自己的床上，双手交叉放在膝盖上，一顶花边睡帽拢住她浓密的秀发，一块大红披巾盖住她雪白的双肩，小脚藏在一双波斯花拖鞋里。她一动不动地坐着，头垂在胸前，她前面的小桌上摆着一本打开的书，但她的眼睛却一动不动，满含着难以名状的哀愁。似乎眼睛一直盯着同一页，思绪早飞到九霄云外了……

这时突然有人在灌木丛中动了一下。我从阳台上跳到了草地上。一只看不见的手抓住了我的肩膀。

“啊哈！”一个粗野的声音说道：“抓住了！……你竟敢深夜出来找公爵小姐！……”

“把他抓牢点！”另一个人从角落里蹿了出来，喝道。

这两个人是格鲁什尼茨基和龙骑兵大尉。

我一拳打在大尉的脑袋上，把他打倒在地，然后钻进了灌木丛。我们房子对面山坡上花园里的所有小道儿我都熟悉。

“来人啊，有贼了！……”他们大喊着。一声枪响，冒烟的弹塞几乎就落在我的脚边。

一分钟后我已经在自己的房间里，脱衣就寝了。我的跟班刚把门锁上，格鲁什尼茨基和大尉就来敲门。

“毕巧林！您睡了吗？您在家吗？……”大尉喊道。

“我睡了。”我气冲冲地答道。

“快起来！有贼……契尔克斯人……”

“我伤风了。”我答道，“我害怕感冒。”

他们走了。我真不该搭理他们，这样的话他们肯定会在花园里找个个把钟头。这时花园里乱成一团，从要塞来了一个哥萨克兵，周围一切都惊动了，开始在所有灌木丛里搜索契尔克斯人，自然，最后什么也没找到。不过，确实有不少人相信，如果驻防部队表现得更勇敢果断一些，至少能抓住一二十个强盗。

6月16日

今天一早，井边的人们都在议论契尔克斯人夜袭的事情。我喝了几杯额定量的纳尔赞矿泉水，在长长的椴树林荫道来回走了大约十趟，遇见了刚从五峰城回来的薇拉的丈夫。他挽住我的手，我们一起去饭店吃早饭。他非常担心妻子。“昨天夜里可把她吓坏了！”他说，“这件事还偏偏发生在我不在家的时候。”我们坐下来吃早饭，旁边有扇门通向拐角的一个房间，里面有十来个年轻人，其中就有格鲁什尼茨基。上天又一次给我机会偷听到了他们的谈话，而这次谈话决定了格鲁什尼茨基的命运。他没有看见我，所以我不认为他是故意说给我听的。但这样一来，他在我眼中的罪孽便更加深重了。

“难道真的是契尔克斯人吗？”有人问，“有人亲眼看见了吗？”

“让我来告诉你全部真相，”格鲁什尼茨基答道，“只是请你们不要出去乱说。事情是这样的：昨天有个人，名字我就不说了，来告诉我，说晚上 9 点多的时候看见一个人溜进了里戈夫斯卡娅家的房子里。需要提醒大家的是，当时公爵夫人在这儿，而公爵小姐在家里。于是我和他就一起到公爵夫人家的窗下去堵那个幸运儿。”

说实话，我吃了一惊。虽然薇拉丈夫正专注地吃着早饭。万一格鲁什尼茨基识破真相，薇拉丈夫便会听到非常不愉快的事情。但是格鲁什尼茨基被嫉妒蒙蔽了眼睛，他根本没猜到真相。

“就这样，”格鲁什尼茨基继续说道，“我们出发了，随身带了一支装着空弹的枪，想吓唬吓唬这个人。”我们在花园里一直等到夜里两点，他终于不知从哪里冒了出来，反正不是从窗户里，因为窗户根本没开，他应该是从柱子后面的玻璃门里出来的。我们终于看见有个人从阳台上跳了下来……这算什么公爵小姐啊？啊？这就是莫斯科的公爵小姐啊！这以后我们还能相信什么？我们想抓住他，可他挣脱了，像兔子一样蹿进灌木丛里跑了。当时我朝他开了一枪。

格鲁什尼茨基周围传出一片不相信的私语声。

“你们不信吗？”他继续说，“我可以拿人格担保，我所说的一切全是真的。我甚至可以说出这位先生的名字来证明。"

"说，快说，他是谁？"呼声四起。

"毕巧林。"格鲁什尼茨基说道。

这时他抬头一看——我正站在他对面的门边。他的脸一下子红了。我走到他跟前，一字一句慢慢地对他说道：

"我很遗憾，我是在您对自己的恶毒诽谤发过誓后才进来。我要是早点来，您也许不会干出这么卑鄙无耻的事情了。"

格鲁什尼茨基从座位上跳了起来，想发火。

"我请您，"我继续慢条斯理地说，"我请您立即收回您说过的话。您很清楚这是凭空捏造。我不认为，一个女人没有欣赏您的优秀品质就该受到这样可怕的报复。请您想想清楚：如果您坚持您的意见，您将失去被称作上等人的权利，还得冒着生命的危险。"

格鲁什尼茨基垂下眼睛站在我面前，情绪非常激动。但良心与自尊的斗争没有持续多长时间。坐在他身边的龙骑兵大尉用胳膊肘碰碰他，他身子抖了一下，头也没抬地迅速作答：

"仁慈的先生，我心里怎么想，嘴上就怎么说。我还可以再说一遍……我不怕您的威胁，并准备随时奉陪……"

"最后一点您已经证明了。"我冷冷地答道，然后拉着龙骑兵大尉的胳膊走出了房间。

“您想干什么？”大尉问。

“您是格鲁什尼茨基的朋友，想必您愿意做他的决斗副手吧？”

大尉郑重其事地鞠了一躬。

“您说对了。”他答道，“我甚至有义务做他的副手，因为对他的侮辱也和我有关。昨天夜里我和他在一起。”他挺直了有点驼背的身子，补充道。

“哦！原来被我不巧往头上狠揍一拳的就是您吗？”

他脸上黄一阵青一阵，露出暗藏的愤怒。

“我很荣幸，今天就派我的副手来见阁下。”我补充道，非常有礼貌地向他鞠躬告别，做出一副对他的愤怒毫不理会的表情。

在饭店的台阶上我遇见了薇拉的丈夫。看得出他一直在等我。

他情绪激动地握住我的手。

“高尚的年轻人！”他含着眼泪说。“我都听见了。那个浑蛋！忘恩负义的东西！……以后还有哪个正派人家敢接待他们啊！谢天谢地，我没有女儿！但您为那个女人冒了生命的危险，她一定会报答您的。请您暂且相信我的愚见。”他继续说，“我也年轻过，也在部队服役过。我知道，这类事是不应该干预的。再见。”

可怜的老头！他还在庆幸自己没有女儿呢……

我直接去找维尔纳，他正好在家，我把整个事情的前因后果都告诉了他——我与薇拉和公爵小姐的关系，我偷听到的谈话，从这场谈话中我得知，那些先生们想让我们用空枪决斗，并以此来作弄我。但是现在事情已经超出了玩笑的界限，他们恐怕也没想到事情会走到这一步。

医生同意做我的副手。关于决斗条件我跟他嘱咐了几点，他必须坚持把这件事做得尽量隐秘，因为尽管我随时准备赴死，但是只要活着，我绝对不愿意自毁前程。

办完这件事我就回住处了。过了一个小时，医生“考察”归来。

“确实有个针对您的阴谋，”他说，“我在格鲁什尼茨基那里遇到了龙骑兵大尉和另一位先生，叫什么我不记得了。我在前厅脱鞋的时候耽搁了两分钟，听到他们在里面吵得不可开交……格鲁什尼茨基说：‘我绝不同意！他当众侮辱了我，那次完全是另一种情况……’‘那和你有什么关系？’大尉说，‘一切我来负责。我做过五次决斗的副手，我知道该怎么办。我都想好了，别妨碍我。吓唬他一下也不错啊。如果可以避免，何必要去冒险？……’这时候我走了进去。他们突然都不说话了。我们的谈判持续了相当长的时间，最后我们决定这么办：离我们大约五俄里的地方有一个僻静的峡谷，他们明早4点出发去那儿，我们半小时后再启程。射击相距六步远——这一点是格鲁什尼茨基本人要求的。打死了人，就算在契尔克斯人账上。现在我怀疑的是，他们，就是副手们，可能调整了之前的计划，打算只在格鲁什尼茨基的手枪里装子弹。这有点像谋杀，但是在战时，尤其是亚洲人的战争中，使用阴谋诡计是允许的。不过格鲁什尼茨基似乎比自己的同伙们要高尚一点。您怎么打算？要不要让他们知道，我们已经识破了他们的诡计？”

“绝对不要，医生！您放心，我不会听任他们摆布的。”

“那您想怎么办？”

“这是我的机密。”

“当心，别中招了……距离只有六步啊！”

“医生，我明天早晨4点钟等您，到时候会备好马匹……再见。”

我关上房门，在家一直待到晚上。中间有仆人过来请我去公爵夫人家，我吩咐他转告说我病了。

…………

夜里两点……我睡不着……应该睡一觉，这样明天手才不会抖。不过六步开外的距离很难打不中的。啊！格鲁什尼茨基！您的诡计是不会得逞的……让我们来互换一下角色：现在该我在您苍白的脸上寻找恐惧的表情了。为什么您自己要规定这凶险的六步呢？您以为，我会乖乖地给您献上我的额头……可是我们是要抽签的！……到那时……那时……如果幸运之神眷顾他呢？如果我的幸运之星最终背弃了我呢？……那也不足为奇：它已经为我各种古怪念头忠实地服务了很长时间了，再说天上并不比凡间更为可靠。

那有什么呢？死就死吧！对于世界来说并不算什么大的损失，而我自己也活腻了。我就像一个在舞会上不断打哈欠的人，之所以不回家睡觉是因为接他的马车还没到，现在马车到了……那就再见吧！……

我在脑海中追忆我所有的过往，不由得问我自己：我活着为了什么？我生在这个世界上有什么目的？……哦，目的的确存在过，我确实有过崇高的使命，因为我感觉自己内心充满了无尽的力量……但我猜不出究竟是什么使命，我沉迷于空虚低俗的情欲，在情欲的磨炼下我变得像铁一般又冷又硬，百毒不侵，但我却永远失去了追求高尚目标的热情，这热情恰恰是生命中最美的色彩。从那时起我无数次地扮演着命运之斧的角色！我就像一把行刑的利器，毫无感情地落在那些在劫难逃者的头上……我的爱没有给任何人带来幸福，因为我从来没有为我所爱的人牺牲过什么。我爱女人只是为了爱自己，为了自己的快乐。我贪婪地吞噬着她们的感情、她们的温柔、她们的欢乐和痛苦，我这样做只是为了迎合我奇特的内心需求，而且从不知餍足。这就像一个饿得昏昏沉沉的人，在睡梦中看见面前摆着山珍海味和美酒佳酿，他大快朵颐着这些想象中的美味珍馐，觉得舒服些了，但梦一醒来，幻象消散！……只剩下加倍的饥饿和绝望！

或许，我明天就死了！……世界上没有人能完全理解我。有些人把我看得比实际上要坏，有些人把我看得比实际上要好……一些人说：他是一个好小伙儿，另一些人则说——他是个浑蛋。两种说法都不对。从此以后还值得努力地活下去吗？可是你还是活着——只是出于好奇罢了：你在期待着新的东西……真是可笑又可恨！

*　　*　　*

我来要塞 N 已经一个半月了。马克西姆·马克西梅奇出去打猎了……我一个人坐在窗前，灰色的云遮住了群山，一直到山麓。雾气笼罩中的太阳看上去只是一个黄点。天很冷，寒风凛冽，吹动着护窗板……真无聊！……我打算继续写我的日记，出了这么多稀奇古怪的事，已经好久没写了。

重读最后一页日记：太可笑了！我想去死，可是没死成：我还没有喝完生命这杯苦酒，而且现在觉得，我还有很长的路要走。

所有往事都清晰地印在脑海！岁月丝毫没有冲淡记忆的色彩！

我记得，决斗那天夜里，我一分钟也没睡着。当时我不能写很长时间，因为心里无法平静。我在房间里来回走了将近一个小时，后来坐下来打开桌子上瓦尔特·司各特的长篇小说《苏格兰的清教徒》。开始我读得比较费劲，后来却被离奇的情节迷住了，忘记了眼前的事情…… 这位已故的苏格兰诗人的作品每分钟都在带给人们美妙的享受，难道我们不应该感谢他吗？……

天终于亮了。我的情绪平静下来。我照了照镜子，脸上蒙着一层灰白色，留下痛苦失眠的痕迹，但眼睛，尽管有黑眼圈，却闪耀着骄傲和坚毅的光芒。我对自己很满意。

我吩咐人去备马，然后穿上衣服，直奔浴场。浸泡在纳尔赞的冷温泉里，我感觉肉体和精神渐渐恢复了力量。我神清气爽地走出浴室，仿佛要去参加一场舞会。经历过这样的洗浴之后，我看谁还说，精神不依赖肉体！……

回到住处的时候，医生已经在等我了。他穿着灰色马裤，短上衣，戴着契尔克斯帽。我看见他小小的个头却顶着一个巨大的毛茸茸的帽子，不禁哈哈大笑。他的脸一点儿也不威武，这回看起来比平时更长了。

“您为什么这么愁眉苦脸的，医生？”我对他说，“难道您不是上百次无动于衷地把人送往那个世界吗？请把我想象成一个肝炎病人，我可能痊愈，也可能死去，两种情况都很正常。请您尽量把我当成一个病因不明的患者吧，这样您就会非常好奇，您会对我做一些重要的生理观察……等待暴力死亡不也是一种病症征兆吗？”

这个想法让医生大为讶异，他开心起来。

我们骑上马。维尔纳双手抓着缰绳，我们出发了。一转眼我们驰过要塞，穿过村镇，进入峡谷。峡谷里蜿蜒着一条路，路上有一边长着高高的野草，不时被喧闹的小溪阻断，需要涉水而过。让医生感到非常绝望的是，他的马每一次遇到水都要停下来。

我不记得有比那天更蔚蓝更清新的早晨了！太阳从青色的山峰后面刚刚露头，它的光线带来的温暖与正在散去的昨夜寒凉交织在一起，让人顿生一种甜美的陶醉感。欢乐的曙光还没有照进峡谷，只给我们两边的峭壁顶峰抹上了一缕金色。岩壁的深罅里长着枝叶茂密的灌木，只要一阵轻风吹过，就会从那儿往我们身上洒下一阵淫雨。我记得，这一次我比任何时候都要热爱大自然。我是多么好奇地观察着在宽阔的葡萄叶上颤动的露珠，它反射出千万条彩虹般的光芒！我极目远眺，努力想把视线穿透到迷蒙的远方！那里道路越来越窄，两旁的悬崖越来越青、越来越险，最终汇成一道坚不可摧的石墙。我们骑马默默走着。

“您写遗嘱了吗？”维尔纳突然问道。

“没有。”

“万一被打死了呢？……”

“继承人自己会找来的。”

“难道就没有您想最后见一面的朋友吗？……”

我摇摇头。

“难道世界上就没有一个您想给她留点纪念物的女人吗？”

“医生，您想不想，”我对他说，“让我给您说几句真心话？……您看，有些人临死的时候会呼唤情人的名字，留给朋友一绺抹过香油或没有抹香油的头发，但是我已经过了那样的年纪。在可能的死亡来临之前，我只想我自己一个人，有些人连这个也不考虑。朋友们第二天就会把我忘记，或者更糟，他们还会对我编造天晓得是什么样的流言蜚语；女人们呢，她们一边搂着别的男人，一边嘲笑着我，以免他们去吃一个死人的醋。不过都随他们去吧！从生活的风浪中我只得出一些思想，却没有一丝感情。我早就不靠感情而是凭理智过活了。我对自己的感情和行为进行衡量、分析，纯粹出于好奇，但绝不掺杂感情。我身上住着两个人：一个是完全意义上的人，另一个在思考和评判他；第一个人也许一个小时之后就要和您以及这个世界永别了，而另一个……另一个呢？……医生，您瞧：您看见右边峭壁上有三个黑影吗？这大概就是我们的对手吧……”

我们纵马疾驰。

在峭壁脚下的灌木丛中拴着三匹马，我们把自己的马也拴在那里，然后沿着羊肠小道爬上一片平坦的空地。格鲁什尼茨基和龙骑兵大尉以及另一个副手已经在等我们。另一个副手叫伊万·伊格纳季耶维奇，他的姓我从来没听人叫过。

“我们恭候多时了。”龙骑兵大尉带着一丝讥笑说。

我掏出表给他看。

他道歉说他的表快了。

尴尬的沉默持续了几分钟，最后医生打破沉默，对格鲁什尼茨基说：

“我觉得，”他说，“双方表示了决斗的意愿，并且拿自己的名誉来做担保。先生们，你们应该相互谅解，和和气气地了结此事。”

“我愿意。”我说。

大尉向格鲁什尼茨基挤挤眼，格鲁什尼茨基以为我害怕了，摆出一副不可一世的姿态，尽管一秒之前还是一副灰头土脸的模样。自从我们来到这里，他还是头一次抬眼正视我。但是目光里透着一丝不安，反映出他内心的焦灼。

“那说说您的条件吧。”他说，“凡是我能为您做到的，您可以相信……”

“我的条件是：您今天当众收回您对我的诽谤，并向我道歉……”

“亲爱的先生，我很吃惊，您怎么敢提这样的条件？……”

“除此而外，我还能向您提什么条件呢？……”

“那我们还是决斗吧。”

我耸耸肩。

“好吧，但请您想好，我们当中一定有一个人会被打死。”

“我希望那个人是您……”

“我坚信正好相反……”

他窘了，脸红了，接着不自然地大笑起来。

大尉抓着他的胳膊，把他拉到一边。他们低声商谈了好一阵。我来的时候心情不错，可这一切开始让我感到恼火。

医生走到我跟前。

“听我说，”他非常不安地对我说，“您是不是忘了他们的阴谋？……我不会装手枪子弹，可是眼前……您可真是个怪人！请您告诉他们，您知道他们的意图，他们就不敢……您没必要这样！他们会把您像鸟儿一样打下来……”

“医生，请别担心，少安勿躁……我会安排好一切，让他们那边占不到一点儿便宜。让他们去咬耳朵好了……”

“诸位，这就没意思了！”我大声对他们说，“要决斗就决斗，昨天你们有时间聊个够的……”

“我们准备好了，”大尉答道，“大家就位吧，先生们！……医生，请量出六步来……”

“请就位！”伊万·伊格纳季耶维奇用尖细的嗓音又重复了一遍。

“等等！”我说，“我还有一个条件，因为我们是生死决斗，所以我们必须尽一切可能把它做得秘密一点儿，从而也免除了我们副手的责任。你们同意吗？……”

“完全同意。”

“那好，我有一个主意，你们看到这块陡峭的悬崖顶端的右边有一块狭小的空地吗？那里离悬崖的底部至少有 30 俄丈，下面是尖利的石头。我们两个人都站在空地的边缘，这样的话即便是轻伤也会是致命的。而这一点也符合你们的意愿，因为六步的决斗距离是你们定的。决斗中不管谁被打伤，一定会摔下悬崖，粉身碎骨。医生会取出他身上的子弹，这样就很容易解释为失足摔死。我们必须抽签决定谁先开枪。最后我要声明，如果你们不同意这个条件，我就不决斗。”

“好！”大尉说道，对格鲁什尼茨基使了个眼色，后者点头表示同意。他的脸色青一阵紫一阵。我把他逼到了一个进退维谷的境地。如果是普通的决斗，他只需瞄准我的腿，让我受点轻伤，这样就既满足了他的报复欲，又不至于让他良心上太过不去。可是现在他只能要么朝天开枪，要么变成杀人凶手，要么最终放弃他的卑鄙企图，面临和我一样的险境。在这样的时刻，我真不愿意处在他的位置。他把大尉拽到一边，开始情绪激动地跟他说着什么。我看见他发紫的嘴唇在颤抖，但是大尉带着轻蔑的微笑转身背向他。“你是个傻瓜！”他大声对格鲁什尼茨基说道，“什么也想不明白！我们出发，先生们！”

一条在灌木间蜿蜒的羊肠小道通向悬崖，乱石组成了一道摇摇晃晃的自然阶梯。我们抓着灌木，开始往上爬。格鲁什尼茨基走在前面，身后跟着两个副手，然后是我和医生。

“我觉得您这人很怪，”医生紧紧地握住我的手说，“让我来摸摸您的脉！……嚯，跳得够快的！……可是脸上却一点声色都不露……只有眼睛比平时更亮。”

突然有一些小石头哗啦啦滚到我们脚前。怎么回事？原来是格鲁什尼茨基摔了一跤，他抓的那根树枝断了，要不是两个副手把他护住，他准会仰面滚下山去的。

“当心！”我对他喊了一声，“不能提前倒下啊，这可不是个好兆头。请想一想尤利乌斯·恺撒[1]的遭遇！”

我们终于爬上了那块突出的峭壁的顶部。空地上覆盖着一层细沙，仿佛特意为决斗而准备。

周围是密密麻麻的山峰，仿佛一大群挤在一起的牲畜，淹没在金黄色的晨雾之中。南边的白雪皑皑的厄尔布鲁士山雄伟挺拔，把一座座雪峰串成一个银链，从东方飘来的缕缕白云就徜徉在这银链之间。我走到空地边缘朝下看，脑袋立即感到一阵晕眩：下面像棺材一样漆黑阴冷，饱经风霜的峭壁长满了青苔，像一颗颗利齿，正在等待自己的猎物。

我们将要决斗的这片空地差不多是一个规则的三角形。

---

〔1〕尤利乌斯·恺撒死前有很多不祥的预兆，但是他都不以为意，最终招致死亡。

我们从凸出的一角量出六步并决定，第一个接受射击的人要站在靠近悬崖的那个角上并且背对深渊，如果他没有被打中，那么双方互换位置。

我决定把一切有利条件让给格鲁什尼茨基。我想考验他一下，如果他的内心能闪现一丝豁达的火花，那么一切便能转危为安，但是我估计他的自尊和性格弱点终究会占上风……如果命运能放过我，那么我一定不会饶过他。谁没有和自己的良心订立过这样的盟约？

“医生，请您主持抽签！”大尉说道。

医生从兜里掏出一枚银币，举起来。

“背面！”格鲁什尼茨基慌忙喊了一声，就像一个被朋友突然推醒的人。

“正面！”我说道。

银币被弹上去，又啪的一声掉落地上。大家都围上去看。

“您真走运。”我对格鲁什尼茨基说，“您先开枪！但要记住，如果您没有打死我，我可不会打不中的，我向您保证。”

他脸红了，他不好意思打死一个手无寸铁的人。我盯着他看，有那么一分钟，我仿佛觉得他会扑倒在我的脚下，乞求我原谅。但是他怎么可能承认自己搞了这么下作的一个阴谋呢？……所以他只有一个选择——朝天开枪。我相信他会朝天开枪的！只有一种情况可能妨碍他这么做，那就是他想到我会要求再次决斗。

“是时候了！”医生拽着我的袖子，悄声说道，“如果您现在不说我们知道他们的阴谋，那么一切都完了。您看，他已经在装子弹了……如果您什么都不说，那我自己……”

“千万别这么做，医生！”我按住他的胳膊说，“您这样会坏事的，您已经答应我不干预的……这和您有什么关系？也许，我就想被打死……”

他吃惊地看着我。

“哦！那就是另一回事了！……我只求您在另一个世界里别怨恨我……”

大尉这个时候已经把他的两把手枪都装好了子弹，一把递给格鲁什尼茨基，笑着对他低声说了句什么，另一把递给了我。

我站到了空地凸出的那个角落，用左脚紧紧抵住一块石头，身体微微前倾，以避免受了轻伤的时候向后倒下。

格鲁什尼茨基站到我的对面，按照规定的信号开始举枪。他的双膝一直在颤抖。他直接瞄准我的额头……

一种不可名状的怒火从我心头升起。

突然他放下手枪，面色煞白，转身闷声对自己的副手说：

“我不行。”

“胆小鬼！”大尉答道。

枪响了。子弹擦伤了我的膝盖。我不由自主地往前走了几步，为了尽快远离悬崖的边缘。

“唉，格鲁什尼茨基老弟，很遗憾，没打中！”大尉说，“现在该你被打了，去站好吧！先请拥抱我一下，我们估计再见不着了！”大尉好容易忍住笑说：“别害怕。”他狡黠地向格鲁什尼茨基使了个眼色，补充说：“万事皆空！……人性愚妄，命运无常，生命不值一钱！”

他郑重其事地念完这段悲剧台词，便回到自己的位置上。伊万·伊格纳季耶维奇也含着眼泪拥抱了格鲁什尼茨基。现在他一个人站在我的对面了。我至今都想弄清楚，刚才我胸中升起的是一团什么样的怒火：是自尊心受到伤害的懊恼，是蔑视，是仇恨，仇恨是因为想到，这个人现在如此自信，如此镇定而傲慢地看着我，两分钟之前，他在没有任何风险的情况下想一枪打死我，就像打死一条狗一样。因为如果腿伤得稍微再重一点，我肯定已经掉落悬崖了。

我目不转睛地盯着他的脸看了好几分钟，试图发现哪怕一丝的悔意。但我感觉，他是在忍住不笑。

“我建议您死前向上帝祈祷一下。”于是我对他说。

“请别为我的灵魂操心，您还是多想想自己的灵魂吧。我只求您一件事，赶紧开枪。”

“您不撤回自己的诽谤吗？不请求我原谅吗？……您好好想想，您的良心没跟您说什么吗？”

“毕巧林先生！”龙骑兵大尉叫了起来，“我想提醒您一下，您来这儿不是为了布道……让我们赶紧把此事了断，万一有人从峡谷过，会看见我们的。”

“好。医生，请过来。”

医生走了过来。可怜的医生！他的脸色比十分钟之前格鲁什尼茨基的脸色还要苍白。

接下来几句话我特意说得慢条斯理、清晰响亮，就像宣读死刑判决书一样。

“医生，这几位先生，可能是着急，忘了往我的手枪里装子弹了。劳您重新装一下，这次一定要装好！”

“不可能！”大尉叫道，“不可能！我两只手枪都装了，除非您那一支里的子弹掉了……这可不是我的过错！您没有权利重装……没有任何权利……这根本是违反规则的，我不同意……”

“好！”我对大尉说，“如果是这样，那我要和您以同样的条件决斗一场……”

他一时语塞。

格鲁什尼茨基站在那里，头垂在胸前，神色窘迫又阴郁。

“随他们去吧！”当大尉准备从医生那里抢过我的手枪的时候，格鲁什尼茨基发话了，“你自己也知道，他们是对的。”

大尉白给他做了那么多暗示，格鲁什尼茨基看都不想看。

这时候医生装好子弹，把手枪递给我。

大尉一看这情形，吐了口吐沫，跺了跺脚。“兄弟，你可真是一个傻瓜，”他说，“最傻的傻瓜！……既然相信我，那就一切都听我的……你这是活该！像一只苍蝇自己找死……”他转身走开，嘟囔了一句：“总之这完全是违反规则的。”

“格鲁什尼茨基！”我说，“还有时间，只要你收回你的诽谤，我什么都可以原谅你。你作弄我没有成功，我的自尊心也得到了满足。想想看，我们曾经是朋友……”

他的脸涨得通红，眼睛发亮。

“开枪吧！”他回答，“我瞧不起自己，但是我恨您。如果您不把我打死，我夜里会从暗地里出来把你宰了的。我和你不共戴天……”

我扣动了扳机……

等到硝烟散去，空地上已经不见了格鲁什尼茨基。只有一股灰尘还在悬崖边上萦绕。

所有的人异口同声地喊了出来。

“Finita la comedia!”[1] 我对医生说道。

他没有答话，惊恐地转过身去。

我耸耸肩，向格鲁什尼茨基的两个副手鞠躬道别。

沿着小路下山的时候，我看见格鲁什尼茨基血肉模糊的尸体横在岩石的裂罅之间。我不由得闭上了眼睛……

我解开马缰，骑着它一步步走回家去。我的心头像压了块巨石。太阳看上去很黯淡，阳光并不能让我感受到温暖。

不等走到小村镇，我就顺着峡谷向右拐了个弯。我害怕见到人，我想一个人待着。我低着头，信马由缰地走了很久，最后来到了一个完全陌生的地方。我掉转马头，开始寻找归路。当我骑回基斯洛沃茨克的时候，太阳已经落山了，人马俱疲。

仆人告诉我，维尔纳来过，然后递给我两封短信，一

〔1〕 法语：一出戏剧结束了。

封是维尔纳的，另一封……是薇拉的。

我拆开第一封信，上面写着：

一切都安排妥当：尸体运来的时候面目全非，子弹已经提前从胸部取出。大家都相信他死于意外，只有要塞司令，他想必知道你们之间的恩怨，摇了摇头，但也没说什么。没有任何对您不利的证据，您可以安心睡觉……当然如果您能睡得着的话……再见……

我犹豫了很久，要不要拆第二封信……她能给我写些什么呢？……一种不祥的预感让我焦灼不安。

我最终还是拆开了它，里面的每一个字都深深地刻在我的记忆里：

我写信给你，坚信我们永远不会再见面了。几年前和你分手的时候，我也是这么想的，可老天爷还想再考验我一次。我没有经受住这次考验，我脆弱的心又一次屈服于熟悉的嗓音……你不会因此而看不起我的，对吧？这封信既是告别信，也是自白书。我必须把我爱上你以来心里郁积的一切都告诉你。我不会怨你——因为你对我所做的，换了别的男人，也同样会这么做：你爱我，将我当作自己的私有物，当作欢乐、焦虑和悲伤的源泉，没有这些感情的交织更替，生活就会单调乏味。这一点我一开始就明白……但是你很不幸，我牺牲自己，希望有朝一日你能赏识我的牺牲，能明白我无怨无悔的真情。从那时起已经过去了很多年，我洞悉了你内心的所有秘密……于是我明白，我的希望不过是梦幻泡影。我当时非常痛苦！但是我的爱已经融入我的内心深处，它变得暗淡，但还没有熄灭。

我们就要永远分别了，但你可以放心，我永远不会再爱别人。我的心已经在你身上耗尽了一切最宝贵的东西，耗尽了眼泪和希望。爱过你的女人，看到别的男人不可能不带些轻蔑，不是因为你比他们都好，哦，不是的！但是在你的天性中有些特别的东西，你独有的东西，一种孤傲而神秘的东西。你的声音里，不论你说什么，总有一种无可辩驳的力量；没有人像你那样，如此经常地希望被人喜爱；没有一个人的恶能像你身上的恶那样富有魅力；没有一个人的眼神能像你的眼神那样让人心情愉悦；没有一个人比你更善于利用自己的优势，也没有人比你更加不幸，因为谁也不会像你那样努力地损毁自己。

现在我要向你解释一下我匆忙离开的原因，不过你可能并不关心，因为这个原因只涉及我个人。

今天早晨我丈夫到我屋里，跟我讲了你和格鲁什尼茨基的争吵。显然，我的脸色特别难看，因为他仔细盯着我的眼睛看了好久。当我想到你今天该去决斗，而我是这一切的罪魁祸首时，我差点没晕倒在地，我觉得我快要疯掉了……但现在，我清醒了，我相信你不会死：因为你不可能撇下我去死的，不可能！我丈夫在房间里来回走了很久，我不知道，他对我说了什么，也不记得，我是怎么回答他的……也许，我对他说了我爱你……我只记得，在谈话结束的时候，他用了一个可怕的词狠狠地羞辱了我，然后就走了。我听见他吩咐人备车……现在我在窗前坐了三个小时，等你回来……但你一定还活着，你不可能死！……马车已经备好……永别了，永别了……我要死了，这是何苦呢？……但愿我可以相信，你会永远记住我，我都不奢望你爱我，不，只要能记得我就好……永别了，有人来了……我得把这封信藏起来……

你不爱梅丽，对吧？你不会和她结婚吧？听着，你应该为我做出这样的牺牲，因为我为了你已经失去了世上的一切……

我像疯了一样夺门而出，跳上自己那匹正在院子里遛的“契尔克斯人”，向五峰城的方向一路飞奔。我死命地抽打着疲惫的马儿，它喘着粗气，浑身冒汗，驮着我在石子路上疾驰。

太阳已经躲进西边山岭上的一片乌云当中，峡谷里黑暗潮湿。波德库莫克河艰难地在山石间奔流，发出低沉而单调的吼声。我策马疾驰，急得上气不接下气。想到在五峰城有可能找不到薇拉，我心如刀割。哪怕只见她一分钟，向她道个歉，拉一下她的手……我一路祈祷着，咒骂着，时而哭，时而笑……不，什么也无法表达我的焦急和绝望！……在有可能永远失去薇拉的时候，她却成了我世界上最珍爱的人，比生命、荣誉、幸福都珍贵！天知道，我脑海里翻腾着什么样的奇思怪想……这期间我一直快马加鞭地飞奔着。终于我发现，我的马儿喘息加重，有两次竟然差点在平地上绊倒……离哥萨克镇叶先图基还有五俄里，只有到那里我才能换马。

如果我的马再坚持10分钟的话，一切还有救。但是当离开山地，从一个小峡谷里上来要急转弯的时候，它突然扑通一下倒在地上。我急忙跳下马背，拽着缰绳想拉它起来，但是无济于事：从它咬紧的牙齿里发出轻微的呻吟，几分钟后它就死了。我一个人流落荒野，失去了最后的希望。我试着走了几步，结果两腿发软。由于白天的紧张加上一夜没睡，我扑倒在潮湿的草地上，像个孩子似的哭了起来。

我一动不动地躺了很久，哭得很伤心，不顾泪水纵横，放声号哭。我觉得，我的胸腔快要炸开，我所有的坚强、所有的冷血都消散如烟，我的内心虚弱无力，理智沉默不言。这一刻如果有人看见我，肯定会鄙视地转过身去。

当夜露和山风清醒了我发昏的脑袋，让我的思绪恢复常态的时候，我方明白，追求逝去的幸福是徒劳无益的。我还需要什么呢？看见她？为什么？难道我们之间还会有什么未了之情吗？一个痛苦的离别之吻并不能丰富我的回忆，而只会让我们更加难舍难分。

但我很欣慰，我还能哭出来！不过，让我哭的原因也许是神经失常，是一夜无眠，是两分钟面对枪口，是滴食未进的肚子。

这一切都导向好的方面！这新的苦难，用军事术语来说，在我身上成功地实施了一次声东击西。首先它让我痛快地大哭一场，然后如果我没有骑马，回来的路上再被迫步行十五俄里，那么这个夜晚恐怕又要通宵难眠了。

我凌晨 5 点回到基斯洛沃茨克，然后直接扑倒在床上，就像拿破仑在滑铁卢战役结束之后那样沉沉睡去。

我醒来的时候，天已经黑了。我坐到打开的窗边，解开上衣，让山风吹拂着我累极昏睡后仍未平静的心胸。在河对岸的远方，透过浓密的椴树林的树梢，可以看见要塞和村庄里闪烁着点点灯光。我们这边外面静悄悄的，公爵夫人的屋子里一片漆黑。

医生来了。他皱着眉头，很反常地没有和我握手。

“您从哪儿来，医生？”

“从里戈夫斯卡娅公爵夫人家里来。她女儿病了，神经衰弱……不过这并不重要，重要的是上头已经猜到是怎么回事了，尽管没有明确的证据，但是我还是劝您小心为上。公爵夫人今天告诉我，说她知道您是为她女儿而决斗。那个小老头全都告诉她了……他叫什么名字来着？他见证了那天您与格鲁什尼茨基在餐厅的冲突。我特意来给您提个醒。别了，也许我们再也见不着了：您会被流放到别的地方去的。”

他在门口停住了：他想和我握手道别……假如我稍微表现出一点意愿，他肯定会扑上来搂住我的脖子。但我一副冷若冰霜的样子，他不得不走了。

这就是人类！全都一样：他们预先就知道行为的所有负面后果，但鉴于别无他法，于是乐于推波助澜，甚至赞赏有加，等到东窗事发，他们立刻把自己摘得干干净净，转而开始怒骂那个勇于承担一切恶果的人。所有的人都是这样，甚至是那些最善良最聪明的人！……

第二天上午，在接到上级派遣我去N要塞赴任的命令后，我到公爵夫人家道别。

当她问我有没有特别重要的事要告诉她时，我却以祝她幸福之类的话作答。这让她非常吃惊。

“但我有非常严肃的事情要和您谈谈。”

我默默坐下。

显然，她不知道从何说起。她的脸涨得通红，胖胖的手指敲着桌子，终于她断断续续地说了一句话：

“听我说，毕巧林先生，我想，您是一个高尚的人。”

我鞠了一躬。

“我甚至对此毫不怀疑，”她继续道，“尽管您的行为有些让人怀疑，不过也许您有不为我所知的理由，现在您应该对我吐露真言。您保护我的女儿不受诽谤，为了她而决斗，自然是冒着生命危险的……您不用回答，我知道，您不会承认，因为格鲁什尼茨基死了（她划了一个十字）。上帝会宽恕他，我希望上帝也会宽恕您！……这个和我没有关系……我无权谴责您，因为我的女儿，尽管她很无辜，但她是这一切的原因……她全都告诉我了……我想，好吧，既然您已经向她示爱……她也向您表白（公爵夫人重重地叹了口气）。但是她现在生病了，我相信这不是一般的病！隐秘的忧郁症正在摧垮她。尽管她不承认，但我相信您就是她的病因所在……听我说，您也许认为，我在选一个金龟婿，但您错了，我只要女儿幸福。您目前的状态并不理想，但可以改变，您有财产，我女儿爱您，她受的教养让她具有旺夫的素质。我有钱，只有这么一个女儿……请告诉我，您还犹豫什么？……您瞧，我本不该对您说这些，但我相信您的内心和您的人品。请记住，我只有一个女儿……独生女……”

她痛哭起来。

“公爵夫人，”我说，“我无法回答您的问题，请允许我和您女儿单独谈谈……”

“不行！”她非常激动地从椅子上站起来，断然说道。

“随您的便。”我答道，起身欲走。

她略一思忖，给我做了一个稍等片刻的手势，然后出了房间。

过了五六分钟，我的心狂跳不止。但思绪平稳，头脑冷静。我极力想从内心找到哪怕一丝一毫对可爱的梅丽小姐的爱意，但终究是徒劳无功。

门打开了，她走了进来。天哪！这才多久没见，她已经变得我都快认不出了。

她走到房间中央的时候，摇晃了一下。我赶紧跑过去把手伸给她，把她送到椅子前。

我在她对面站着。有好长一段时间我们都没有说话，她的大眼睛里充满难以名状的忧郁，似乎是在我的眼睛里找寻着某种希望。她苍白的嘴唇努力想做出微笑的表情，一双温柔的小手放在两腿上，瘦削而且透明，我开始有些可怜她了。

“小姐，”我说道，“您知道我曾嘲笑过您吗？……您应该鄙视我。”

她的脸颊上出现了病态的红晕。

我继续道：

“所以，您不可能爱我……”

她扭过头去，用胳膊肘撑在桌子上，手捂住眼睛。我感觉她在流泪。

“我的天！”她含混地吐出几个字。

这太让人受不了了：再有一分钟，我就可能扑倒在她脚下。

“因此，您自己也看得出，”我尽可能语气坚决同时又故作轻松地说，“您自己也看得出，我不可能和您结婚。即便您自己想结婚，很快您也会后悔的。与您母亲谈过话之后，我觉得必须跟您解释清楚，尽管这样的坦白不太礼貌。我希望她是出于误会，这样您很容易说服她放弃想法。您看，我在您的眼中不过是一个无耻的可怜虫，对此我甚至都不打算否认。这就是我能够为您做的一切。不管您对我有多坏的想法，我都毫无怨言地接受……您看到吗，我在您面前多么卑微……即使您之前爱我，那么从这一秒起您一定会瞧不起我的，是不是？……”

她转过头来看着我，脸色如大理石般苍白，但是眼睛却闪着奇异的光彩。

“我恨您……”她说道。

我表示感谢，深深地鞠了一躬，然后退出了房间。

一个小时之后，一辆信使专用三套马车载着我驶出了基斯洛沃茨克城。在离叶先图基城几俄里的地方，我看见我那匹烈马的尸体躺在路旁。马鞍已经不见，想必是被路过的哥萨克骑士拿走了。放马鞍的地方立着两只乌鸦。我长叹一声，把头扭向一边……

如今，在这个寂寞无聊的要塞里，我常常追忆过往，不断地问我自己：为什么我不愿意走上天为我铺好的道路？走这条路我会收获平静的快乐和稳稳的幸福……不，我不喜欢这样的命运安排！我像一个生长在海盗船上的水手，他的内心已经习惯了风浪和战斗，却被突然抛到岸上。尽管浓密的白桦林诱惑着他，尽管和煦的阳光抚慰着他，他却兴味索然，郁郁寡欢。他整日在岸边的沙滩上徘徊，倾听单调的浪涛声，凝神注视着雾蒙蒙的远方，希望在那海天相接的地方突然冒出他朝思暮想的白帆，起初那白帆就像海鸥的一只翅膀，但渐渐地它在浪涛中愈发清晰，匀速地驶向荒凉的码头……

三　宿命论者

我曾经在左翼阵地上一个哥萨克村庄里住过两个星期。那儿驻扎着一个步兵营，军官们在各自居所轮流聚会，一到晚上就凑在一起打牌。

有一天，我们在少校C那里打波士顿牌打腻了，便将牌扔到桌下，大家坐在一起聊了好一阵天。与平常不同，那天的谈话非常有趣。大家在讨论伊斯兰教的一个迷信，即人的命由上天注定。这个话题在我们当中找到了许多赞同者。每个人都举出各种稀奇古怪的事例来赞同或反对。

"先生们，所有这些什么都证明不了，"年迈的少校说道，"因为你们用来证明自己观点的这些怪事，谁都没有亲眼见过，不是吗？"

"当然，没人见过。"很多人说道，"但我们是从可信的人那儿听来的……"

"全是扯淡！"有人说道，"这些见过生死簿的人在哪儿？……如果真的有宿命，那么为什么还要给我们自由意志和理性？为什么我们还需要解释我们的行为？”

这时一个坐在房间角落的军官站了起来，慢慢走到桌子前，目光平静而庄重地将在场的人扫视了一遍。从他的名字可以判断出他是塞尔维亚人。

中尉乌里奇的外貌与他的性格完全相称。高个头、黑脸庞、乌发、黑亮的眼睛、大而挺的鼻子，那是他们的民族特征，嘴角始终挂着忧郁而冷漠的微笑，这一切混搭在一起，让他独具气质，显得与周围的同伴们格格不入。

他十分勇敢，很少说话，但言辞犀利。他不与任何人分享自己家庭和内心的秘密，几乎从不喝酒，也从不追求年轻的哥萨克女郎——那些姑娘如果你没见过，你就根本无法体会她们的美。不过据说上校的妻子对他那双会说话的眼睛不无好感，但每当有人向他暗示这一点的时候，他都会大为光火。

只有一个嗜好他不加掩饰，那就是好赌。在绿色的牌桌上他非常投入，忘乎所以，总的来说输多赢少。不过赌桌上的屡屡受挫更加激起了他的斗志。据说在一次远征期间，有天夜里他正在枕头上分牌，当时手气正旺。突然传来枪声，响起紧急集合的警报，所有人都跳起来跑去拿枪。“下注啊！”乌里奇没动，对着一个最喜欢押注的人喊道。“我押 7。”那个人匆匆扔下一句，往外跑去。尽管一片慌乱，乌里奇仍然从容地分完了牌，果然是 7。

当他到达散兵线的时候，双方已经在激烈交火。乌里奇既不担心横飞的子弹，也不在乎车臣人的马刀。他一直在找那个幸运的押注人。

“你的 7 押中了！”他终于找到了那个人，对他大喊道。这个人当时正在散兵线上射击，忙着将敌人赶出林子。他走上前去，掏出自己的钱包，把它交给那个幸运儿，尽管对方根本不想要这一不合时宜的赌资。完成这一并不轻松的使命后，他冲向前方，带了几个士兵，异常冷静地和车臣人干到最后。

当乌里奇中尉走到桌前的时候，大家都不说话了，等着他发表一番高论。

“先生们！”他说话了（他的声音平静，尽管声调比平时略低），“先生们，无谓的争论有什么用？你们想证明自己，我这就给你们提供亲身实验的机会，看看人到底能不能随意支配自己的生命，或者说每个人的生命都自有定数……谁愿意？”

“我不愿意，我不愿意！”四面传来否定的声音，“真是怪人！亏他想得出！……”

“我建议打个赌。”我开玩笑地说道。

“什么赌？”

“我坚信，没有定数这回事。”我将兜里仅有的20金卢布掏出来，扔到桌上说。

“我赌。”乌里奇闷声答道，“少校，您当裁判，我这儿有15金卢布，正好您还欠我5个金卢布，那就请您帮个忙，给我凑齐吧。”

“好。”少校说，“不过我还没弄明白怎么回事，您怎么来设这个赌局呢？……”

乌里奇一言不发地走进少校的卧室，我们跟着他进了屋。他走到挂着枪的一面墙跟前，从挂在钉子上的各种口径的手枪里随便取下一支。我们还是不明白他要干什么，但是当他扳起扳机，往火药池里装火药的时候，许多人不由自主地叫了起来，连忙抓住他的手。

“你想干什么？喂，你这是疯了吗！”大家对他嚷嚷。

“先生们！”他挣脱自己的双手，慢条斯理地说，“谁愿意替我付这20金卢布？”

大家都不作声，走开了。

乌里奇走到另一个房间里，在桌边坐下。大家都跟了过去。他示意我们在边上坐下。大家默默地听从他：在这一刻他获得了某种掌控我们的神秘力量。我盯着他的眼睛看了一会儿，但他平静而不动声色地回应我审视的目光，苍白的嘴唇微微一笑。尽管他看着非常冷静，我却觉得我在他苍白的脸上看到了死亡的迹象。我会观察，而且许多老战士也证实了我的发现，就是在几小时后即将离世的人脸上，常常会出现一种在劫难逃的奇特征兆。一般来说，我这双阅人无数的眼睛是不会看错的。

“您活不过今天！”我对他说。他迅速地转向我，缓慢而平静地答道：

“或许对，或许不对……”

然后他转向少校，问手枪是否装了子弹。少校在慌乱中已记不清了。

“算了吧，乌里奇！”有人喊道，“既然挂在床头，肯定是装了子弹的。开什么玩笑啊！……”

“愚蠢的玩笑！”另一个人附和道。

“我拿50卢布对5卢布打赌，手枪里没有装子弹！”又一个人喊道。

新的赌局又开始了。

这种冗长的仪式让我感到厌烦。“听着，”我说，“要么开枪，要么把枪挂回原处，大家回去睡觉。”

“说得对，”许多人喊起来，“大家回去睡觉吧。”

“先生们，我请大家都原地别动！”乌里奇说道，将枪口对着脑门，大家全都呆住了。

“毕巧林先生，”他补充道，“请拿一张纸牌往上扔。”

我清楚地记得，我从桌子上拿了一张红桃 A，抛向空中。大家全部屏住呼吸，所有人的眼睛都流露出既害怕又有些好奇的神情，视线从手枪转向那张决定命运的红心 A，它正在空中翻转，慢慢落下。在它落到桌上的那一刻，乌里奇扣动了扳机……枪没响！

“谢天谢地，”很多人喊出声来，“没装弹……”

“不，让我们再检验一下。”乌里奇说道。他瞄准挂在窗户上面的军帽，又扣了一下扳机。枪响了——整个房间都弥漫着硝烟。当硝烟散尽，有人取下了军帽，帽子正中间被打穿了一个洞，子弹深深地嵌入墙壁。

大概有两三分钟谁都没说话。乌里奇若无其事地将我的金卢布悉数收入他的钱袋里。

大家开始议论，为什么第一次枪没有打响。有人推测是火药池堵塞了，另一些人小声说，起初火药是潮湿的，后来乌里奇倒了新的进去。但我坚称后一种推断不合情理，因为我的眼睛始终没有离开手枪。

“您的赌运真好！”我对乌里奇说……

“平生第一次，”他得意地笑着回答，“这比打邦克或者什托斯[1]好玩。”

“不过也更危险一些。”

“怎么？您开始相信定数了？”

“相信了。不过我搞不懂，为什么我觉得您今天肯定要死……”

这个刚刚还异常冷静地拿枪对着自己脑袋的人，这一刻突然情绪失控，变得激动起来。

“有完没完啊！”他站起身说道，“我们的赌局结束了，您现在再说这些我觉得不太合适……”他抓起帽子走了。这让我感到奇怪，——后来被证明这种感觉并非空穴来风。

很快大家就各回各家了，一路上议论着乌里奇的古怪行径。想必他们一致认为我是个利己主义者，因为我和一个想自杀的人打赌。那意思是，仿佛没有我他就找不到合适的自杀机会！……

我沿着村子里空无一人的街巷走回自己的住处。一轮满月，红得像火灾的火光一样，从参差不齐的房屋后面升起。星星在深蓝色的苍穹中安静地闪烁着，这一刻我想起，

〔1〕 邦克和什托斯都是纸牌赌博的游戏。

古代的圣贤们认为，这些天上的星辰参与了我们人类的一些无谓争论，比方说为了一小块土地或者某些臆想出来的权力，我不禁感到可笑。结果怎样？这些在圣贤眼中只是为照耀他们战斗和胜利而点亮的天灯，至今光彩依旧，而他们的激情和希望早就随他们的肉身一起灰飞烟灭了，就像一个粗心大意的流浪汉在林边点燃的一堆小火，很快就熄灭了。可是他们坚信，整个天空，包括其中无数的星球都在看着他们，参与他们的生活，尽管默默无声，但始终不渝！这种信念给了他们多强的意志力啊！而我们，他们可怜的后裔，在大地上东奔西走，没有信念，没有骄傲，没有喜悦，也没有恐惧，除了想起死亡时会不由自主地心惊胆战外，我们不善于为了人类的福祉，甚至为了自己的幸福而作出伟大的牺牲，因为我们知道幸福是不可能的，于是我们漫不经心地从一个怀疑走向另一个怀疑，一如我们的先辈们从一个迷途奔向另一个迷途，并且和他们一样，既不抱希望，甚至也丧失了心灵在与人斗或与天斗时常见的那种虽然强烈却短暂的欢乐……

还有很多诸如此类的念头在我的脑海闪现，我不去认真地细想它们，因为不喜欢在抽象的思想上费脑筋，再说有什么意义呢？……青春年少的时候，我是一个梦想家，喜欢琢磨那些由我丰富的想象力描绘出来的时而忧郁时而欢乐的形象，可是我得到了什么呢？只有类似于夜晚做噩梦之后的疲惫和充满遗憾的模糊记忆了。在这场徒劳的搏斗中我耗尽了内心的激情和现实生活必需的毅力，在我进入这场生活之前，已经在思想上经历了一遍，所以我感到无聊厌烦，就像一个人在读一部他早已熟知的书的拙劣仿本。

今天晚上发生的一切给我留下了相当深刻的印象，刺激了我的神经。我不能断言如今我是否相信定数这回事，但至少今天晚上我对它是深信不疑的：证据非常确凿，而我尽管嘲笑了我们的先辈及其乐于助人的占星术，自己仍然不由自主地走上了他们的覆辙。但我在这条险路上及时停下脚步，并遵照既不坚决否定一切也不盲目相信一切的原则，将玄学扔到一边，开始关注脚下的道路。这种小心提防真可谓及时：我被一个又肥又软的东西绊了一下，差点没摔倒，不过感觉不是活物。我低头一看——月光正照在路面上——这是什么东西？我面前躺着一只被马刀砍成两半的猪……我刚看清楚，就听见一阵忙乱的脚步声：从巷子里跑出两个哥萨克，其中一个过来问我有没有看见一个喝醉酒的哥萨克在追赶一只猪。我告诉他们，没碰见哥萨克，并把他疯狂暴行的牺牲品指给他们看。

“这个强盗！”另一个哥萨克说道，“只要一喝多，就出来闹事，看见什么砍什么。叶烈梅伊奇，我们追他去，得把他捆起来，不然的话……”

他们跑远了，我更加小心地继续走我的路，终于平安回到了住处。

我住在一个上了年纪的军士家里，我喜欢他的好脾气，更喜欢他漂亮的女儿娜斯佳。

娜斯佳像往常一样在篱笆门边上等我，身上裹一件小皮袄。月光照在她可爱的冻得发紫的嘴唇上。她认出是我，便嫣然一笑。可是我没有心情搭理她，只说了句“再见，娜斯佳！”便从她身边走过。她本想说什么，但只叹了口气。

我随手关上了房间的门，点上一支蜡烛，扑倒在床上，不过却久久未能入眠。一直到东方微微发白的时候，我才勉强睡着。但是，看来上天注定不让我今夜睡个安稳觉。凌晨4点的时候，两个拳头敲我的窗户。我一骨碌爬起来，怎么回事？……“赶紧穿衣服起来！”几个声音在外面喊道。我连忙穿上衣服出去。“你知道发生什么事了吗？”来找我的三个军官异口同声地对我说道。他们的脸色像死人的一样苍白。

“什么事？”

“乌里奇被杀了。”

我愣住了。

“对，被人杀死了！”他们继续道，“我们快走。”

“去哪儿？”

“边走边说。”

我们出发了。他们告诉了我事情的经过，另外还掺杂着各种评论，主要针对乌里奇死前半小时那个使他逃过一劫的奇怪定数。乌里奇当时一个人在黑暗的街道上走着，突然面前蹿出一个喝醉酒的哥萨克，那家伙刚杀了一头猪，可能正好和乌里奇擦肩而过，并没有发现他。千不该万不该，乌里奇突然停下来，问了一句，“老弟，你在找谁？”“找你！”哥萨克说完便砍了他一刀，从肩膀劈下去，快到心脏的部位……我夜里碰见的两个找醉汉的哥萨克正好赶到，他们扶起受伤的乌里奇，但他已经奄奄一息，只说了几个字：“他是对的！”只有我一个人懂得这句话的隐含意义。他是对我说的。我无意之间预言了这个可怜人的命运，我的第六感没有欺骗我，我准确地读出了他变容的脸上死亡的前兆。

凶手把自己反锁在村边一间空房子里，我们一起赶往那里。很多妇女也哭着朝那儿跑。不时有迟来的哥萨克冲到街上，奔跑中匆忙佩上短剑，从我们身边超过。

终于我们赶到了地方，看到房子的门窗都被从里面闩上了，周围挤满了人。军官们和哥萨克们在激动地讨论着什么，女人们边哭边数落着。我注意到其中一个老妇人面带疯狂而绝望的表情，坐在一根很粗的圆木上，两肘支在膝盖上，双手捧着两腮：她就是凶手的母亲。她的嘴唇时不时地蠕动一下……是在祈祷还是在诅咒？

这个时候得采取果断措施抓住凶手。但是谁也不敢第一个冲进去。

我走到窗前，透过窗户的缝隙看了看屋里的情况：他面色苍白地躺在地上，右手拿着手枪，沾满血迹的马刀就放在身边。他那双情绪激动的眼睛惊恐地四下张望着，不时地浑身哆嗦一下，双手抱头，仿佛模糊地记起昨天发生的事情。我在他惊恐不安的眼神中没有看出他的决绝，于是对少校说，他没有理由不下令哥萨克破门而入，因为现在是最好的时机，等他彻底清醒过来就晚了。

这时一个上了年纪的大尉走到门前，叫他的名字，他应了一声。

“你作孽了，叶菲梅奇兄弟，”大尉说，“这可没别的办法，你得认罪！”

“我不认！”哥萨克答道。

“你得敬畏上帝！你又不是不信上帝的车臣人，你是个规矩的基督徒。但是你被罪孽迷住了眼睛，那就没办法了，命该如此！”

“我不服！”哥萨克厉声叫道，可以听到拉动扳机的声音。

“喂，大婶！”大尉对老妇人说，“你来跟儿子说说，没准他听你的……要知道这样只能激怒上帝。你看，先生们已经等了两个钟头了。”

老妇人怔怔地看了他一会儿，摇了摇头。

“瓦西里·彼得罗维奇，”大尉走到少校跟前说，“他不会屈服的，我了解他。如果硬要破门，他会打死我们很多人的。要不您下令直接开枪击毙他，窗户缝宽得很。”

这时我脑中闪过一个奇怪的念头：我想像乌里奇一样试试自己的命运。

“等一下，”我对少校说，“我去活捉他。”

我让大尉去跟他说话，并安排三个哥萨克守在门边，吩咐他们一听见我给的暗号就破门进去帮助我。我绕到房屋的后面，走到那个决定命运的窗户前，心狂跳不已。

“哼，你这个该死的家伙！”大尉叫道，“你这是在看我们笑话对吧？你以为我们拿你没办法了？”他开始拼命敲门，而我把眼睛贴在窗户缝上，观察着哥萨克的一举一动，他根本没料到有人会从这个方向进攻。我突然砸开护窗板，头朝下从窗户跳了进去。枪声就在我耳边响起，一颗子弹打掉了我的肩章。但是满屋子弥漫的硝烟让我的敌手没能立马找到身边的马刀。我抓住他的双臂，守在门边的哥萨克们冲了进来，不到三分钟，罪犯已经被捆起来押走了。人们散去，军官们纷纷向我祝贺，——的确，这件事值得祝贺。

在经历了这一切之后，一个人似乎很难不相信宿命了。但谁又知道他到底是应该相信什么呢，还是什么都不信？……难道我们不是经常把感情的欺骗或理性的失误当作信念吗！……

我喜欢怀疑一切，这种倾向并不妨碍我性格的果断，相反，就我来说，如果前途未卜，我也总是勇敢前行。因为大不了一死，而死亡是谁也躲不过的！

回到要塞后，我把我所经历和见到的一切都告诉了马克西姆·马克西梅奇，并且希望知道他对定数的看法。他开始没明白这个词的意思，但经过我一番解释之后，他意味深长地摇了摇头，说道：

“是啊，当然喽！这玩意儿很深奥！……不过这种亚细亚式的扳机常常卡壳，如果没有抹好油或者手指不用力扣的话。老实说，我也不喜欢契尔克斯步枪，它们用起来不顺手，枪托太小，一不小心就会烫着鼻子……但是他们的马刀，简直棒极了！”

之后他稍作沉吟，又说道：

“是啊，可惜那个倒霉蛋了……谁让他晚上和醉鬼搭话来着！……不过，看来他命该如此！……”

从他嘴里我再也听不到别的什么了，他对形而上的讨论毫无兴趣。

译后记

永远的“当代”英雄

王宗琥

至今犹记，二十年前春节期间的一个冬夜，奋发考博的我独自一人在办公室阅读《当代英雄》时那种心潮澎湃的感觉。那可以算作我对莱蒙托夫的初恋。后来讲授俄罗斯文学史，莱蒙托夫便成了最爱。无论是他的抒情短诗（《帆》《又寂寞又忧愁》），还是他的叙事长诗（《童僧》《恶魔》）；无论他的戏剧作品（《假面舞会》），还是他的长篇小说（《当代英雄》），读来都有一种深得我心的畅快感。而每每在课堂上讲起莱蒙托夫，讲他与生俱来的孤独，讲他透彻心扉的悲观，讲他渴望行动却无处施展的无奈，讲他身上亦正亦邪的矛盾复杂，都能引起强烈的共鸣，仿佛我在讲的不是一个遥远国度、遥远时代的诗人及其命运，而是我们似曾相识的自我，是每个人或多或少都会面临的人生困境。

莱蒙托夫无疑是伟大的。这种伟大在于，他生活在伟大的普希金的时代，却丝毫不为普希金的光芒所遮蔽，独树一帜地开辟了俄罗斯文学的新天地。如果说普希金树立了俄罗斯民族文学的理想，那么莱蒙托夫则开掘了俄罗斯民族文学的现实；普希金是光明和谐的日神阿波罗，莱蒙托夫则是混沌暗黑的酒神狄奥尼索斯；普希金喜欢的是“明亮的忧伤”，莱蒙托夫则偏爱“风暴中的安宁”。若从俄罗斯民族的精神特质来讲，莱蒙托夫是一个比普希金更为地道的俄罗斯人。他天生的忧郁气质、深刻的自我反省能力、否定一切的虚无主义、不按常理出牌的非理性和神秘性、强大的自然力和叛逆倾向、渴望行动但又漫无目的的漂泊宿命，这些都能在俄罗斯民族性格中找到回响。他那首脍炙人口的《帆》虽然是合为时而著，但却精准地勾勒出了“俄罗斯”和“俄罗斯人”的历史形象：大海上一只在云雾中迷失方向的孤帆。它不以寻求幸福为指归，而是渴望暴风雨的来临，渴望在激烈的动荡中寻求安宁。我们只消回望一下俄罗斯的千年历史风云，便可明白这一形象所蕴含的深刻洞见。

《当代英雄》是莱蒙托夫文学创作的集大成者，在某种程度上可以视为作家人生和艺术旅途的精神自传。这部作品开创了俄罗斯社会心理小说的先河，是一部艺术结构精巧、思想内涵深刻的划时代之作。小说通过主人公毕巧林的经历勾勒出一个时代精英阶层的群画像，反映出作家对“个体存在”这一哲学命题最贴近当下同时又最朝向永恒的思考。

“当代英雄”的“当代性”是显而易见的：19世纪30年代——尼古拉一世暴政下举国万马齐喑的白色恐怖时代，知识精英们渴望变革的行动被暴力压制，想要有所作为却没有方向和目标，于是变得玩世不恭，将被压抑的生命意志盲目挥洒，不断地伤及他人和自己，制造出一起又一起的悲剧。可是，“当代英雄”的“英雄性”却历来褒贬不一，众说纷纭。很多论者都认为这个“英雄”具有反讽意味。不过在讨论这个问题之前，首先需要说明的是，被翻译成“英雄”的俄文词“герой”有三个意思，第一个意思是“英雄”，第二个意思是某个时代某个阶层的“典型人物”“代表人物”，第三个意思是文学影视作品的“主人公”。作者的真实用意也许是三个意思兼而有之，但是在翻译成汉语的时候只能选择其一。当然如果仅从“典型人物”的角度来理解书名，那么估计就不会有太多争议，但我认为从“英雄”的解读来理解更有艺术和思想的张力，更有阐释的空间。你可以从道德的角度出发，认为毕巧林实际上是一个自私自利、道德败坏的反英雄，那么这个“英雄”就具有了讽刺的意味；你也可以从社会历史环境的角度出发，看到一代精英在尼古拉一世的暴政下像堂吉诃德一样毫无目的地与风车作战，那么这个“英雄”就具有了悲剧的意味；当然，你还可以从个体存在的视角，看到一个高于时代的强大个性在愚昧麻木的人群中荷戟独彷徨的求索，那么这个“英雄”就具有其本真的意味。别林斯基从个性的历史发展角度充分肯定了毕巧林这一形象，认为“当前人的个性高于历史、高于社会、高于人类，这是时代的思想和心声”，所以作为一个在“老爷和奴才的国度”里率先发展成“人”的个体，虽然看起来行为乖张，缺陷多多，“但在这些缺点里隐含着某种伟大”。所以毕巧林确实是当代“英雄”。

不过我的重点不在“当代”，也不在“英雄”，而在“永远的当代英雄”。自1840年《当代英雄》在彼得堡出版，至今已近一百八十年。近年来俄罗斯每年都会出四五个版本的《当代英雄》，2014年更是高达九个版本，2015年八个版本，2017年四个版本，2018年新年伊始，已经有一个新版本问世。这本书艺术上的永恒价值无须我辞费，我想说的是，以毕巧林为代表的当代英雄不仅是那个时代精英阶层的典型，也是俄罗斯民族的一种典型代表。

作为具有作家自传性质的主人公，毕巧林有着莱蒙托夫身上许多前文论及的俄罗斯式特征。他生性忧郁，“笑的时候，眼睛却不笑”；他不喜欢平静安定的小确幸，渴望狂风暴雨般的生活，“为什么我不愿意走上天为我铺好的道路？走这条路我会收获平静的快乐和稳稳的幸福……不，我不喜欢这样的命运安排！我像一个生长在海盗船上的水手，他的内心已经习惯了风浪和战斗，却被突然抛到岸上。尽管浓密的白桦林诱惑着他，尽管和煦的阳光抚慰着他，他却兴味索然，郁郁寡欢。他整日在岸边的沙滩上徘徊，倾听单调的浪涛声，凝神注视着雾蒙蒙的远方，希望在那海天相接的地方突然冒出他朝思暮想的白帆……”所以他前往高加索，希望在枪林弹雨中驱散往日生活的舒适麻木，希望在与野姑娘的爱情中赶走上流社会的虚伪浮夸，甚至希望在直面死亡的决斗中感受存在的温度，他始终像一个斗士那样寻求不平常的生活，哪怕这种不平常的代价是自己和他人的痛苦，正如莱蒙托夫诗中所写的那样：“我想要生活，偏不要幸福和爱情，就要痛苦……是时候驱散安宁的迷雾，诗人的生活中怎能缺少磨难，正如大海怎能没有风暴？”在毕巧林身上，我们看到的正是一个战斗民族不喜安稳、无畏苦难甚至渴求苦难的精神特质。

当然，毕巧林强烈的自我反省精神，他充满矛盾的双重人格，他的怀疑主义、虚无主义、宿命论，他的神秘主义以及行事风格的不合常理与无迹可寻，都不同程度地展现着俄罗斯民族性格的典型特征。辩证地来看，毕巧林的这些特点实际上是一枚硬币的两面，只不过在尼古拉一世的时代，社会环境的恶劣让这些特点更多地显现出负面因素，变成了作者所说的“一代人的缺点”。但别林斯基深刻地指出：“在这个人身上有强大的精神和意志的力量，在他的缺点中隐含着某种伟大。”我们完全有理由相信，在十二月党人起义时期，毕巧林会是雷列耶夫一样的领袖人物；在十月革命时期，毕巧林会是高尔基笔下渴望风暴的海燕；在戈尔巴乔夫改革时期，他会是捍卫公开性和民主化的斗士。所以我们认为，毕巧林这个当代英雄在俄罗斯的任何历史时期都会存在，而且不同的社会环境可能造就完全不同的“英雄”。

更进一步来讲，毕巧林个人成长的经历不仅是俄罗斯人的心灵史，而且具有全人类的普遍意义。虽然毕巧林是特定社会历史条件的产物，但是他超强的思考分析能力和自我反省能力让他超越了自己的时代和民族属性，成为个体精神探索的典型。

《当代英雄》是俄罗斯第一部社会心理小说，这意味着，俄罗斯文学第一次将关注的重心转向了人的内心世界。莱蒙托夫在书中也明确表达了自己关切的不是群体，而是个体的内心世界：“一个人心灵的历史，哪怕是最渺小心灵的历史，也未必不如一个民族的历史更有意思、更有教益；尤其是当这历史是一个成熟的头脑内省的结果……”《当代英雄》之所以能风靡世界百世流芳，我想正是因为它以匠心独运的叙事手法和鞭辟入里的心理描写深刻地揭示了某种具有典型意义的个性成长历程。

毕巧林出身贵族之家，是一个具有强大意志和自我反省能力的人。他强烈的自我意识和生命意志让他对人生抱有很高的期望，但很快他发现，世俗的一切都不能满足他对人生的期许，无论是上流社会的生活，还是爱情、学问和战争，他很快就厌倦了。然而强大的生命意志让他内心充满了激情，去追寻崇高的人生使命。可是他在人世间追寻人生意义的路上却遭遇了世俗价值的强势碾压：“大家都说我面相不善，其实不是。但大家都这么说，于是善也变得不善了。我谦虚谨慎，他们却说我狡猾，于是我变得畏首畏尾。我明辨善恶，可是没有人珍惜我，大家都侮辱我，于是我变得爱记仇了。我从小郁郁寡欢，别的孩子都开开心心，爱说爱笑。我觉得自己比他们高贵，人家却把我看得低贱。于是我就变得爱嫉妒了。我愿意爱整个世界，可是没有人理解我，于是我学会了仇恨。”在与世俗的对抗中他渐渐被同化，在一半灵魂干枯死亡之后，他变得深谙处世之道，“像铁一般又冷又硬，百毒不侵”，但代价就是他“永远失去了追求高尚目标的热情”。可是生命欲望的力比多需要出口，于是便化为“吞食人生之路上遇到的一切”

的权力意志："所以我最大的满足来自于让周围的一切服从于我的意志，让人家对我充满爱戴、忠诚和敬畏。"其结果便是毕巧林变成一个彻头彻尾的个人主义者，任由盲目的权力意志伤害和折磨他人，带给自己的除了伤害还有更大的空虚。

看了毕巧林的精神成长史，谁敢说这只是一个俄罗斯人在特定时代的成长历程？陀思妥耶夫斯基《一个荒唐人的梦》里描写的人类精神堕落史也不过如此。毕巧林的经历活脱脱就是人的社会化过程的隐喻，其中交织着理想与现实、个人与环境的激烈冲突。对大多数人而言，理想的丰满难敌现实的骨感，个人的意愿被迫屈从于社会的法则，而人在生命意志驱使下随波逐流，做着盲目的布朗运动。但是毕巧林并没有完全屈服于环境，他强烈的自我意识和反省精神拯救了他："我身上住着两个人：一个是完全意义上的人，另一个在思考和评判他。"这无所不在的"另一个"让他不断自拔与更新，率先在时代的群体中发展为人。

在这个意义上，毕巧林成为超越时代和民族的人的隐喻：一方面是被外在生存环境同化而导致的堕落，另一方面是个人自由意志寻求自我实现的抗争，而堕落与抗争的交织，便构成了人的存在本质。毕巧林的英雄气质就在于对真正生活的不知餍足的渴望，在于对世俗环境的永不屈服的抗争。

所以我的结论是，毕巧林是永远的“当代”英雄，《当代英雄》也永远是受读者欢迎的“当代”英雄。

作为莱蒙托夫的崇拜者，能够翻译《当代英雄》实乃人生之幸事。感谢生活·读书·新知三联书店和中国社会科学院外文所联手发起的经典新读计划，感谢苏玲老师对我的信任，感谢《当代英雄》的老一辈译者们，尤其是草婴先生、冯春先生和翟松年先生，他们的译本让我在翻译过程中受益良多。为了翻译好这部经典之作，我还阅读了大量的原文资料，参考了经典的英文译本，通读了顾蕴璞先生的《莱蒙托夫研究》，感谢顾先生让我对莱蒙托夫和《当代英雄》有了更深刻的认识。特别感谢我的导师张建华教授专门为译本写的精彩导读，着实为本书增色不少。最后要感谢责编王竞女士为本书的出版所做的大量细致琐碎的工作。希望读者可以从本书中读到那种“有缺憾的伟大”，以及那种跨越时间、跨越空间的蓬勃的无可安放的意志力。